JN197888

春日武彦

猫と偶然

作品社

猫と偶然◉目次

猫と偶然

それともう一つ、頭がよく気転がきき、自信満々でありながら、基本的な過ちを犯しているのはどういうわけか。

——P・ディキンスン『英雄の誇り』（工藤政司訳、ハヤカワ・ポケット・ミステリ、一九七一）

猫と電送機

人間みたいな顔をした猫を見かけることがある。妙に面長で目が曖昧で、全体に煤けた印象があり、永島慎二の漫画（実存主義的タッチ！）の群衆場面を探すと見つかりそうな顔である。うらぶれた感じが漂い、年寄り臭く、陰気なことしか考えそうにない。猫として見ても、人間として見ても、器量は悪い。悪いなりにどこか生々しいところがあって、嫌な後味を残す。幸せな生活を送っているようには到底思えない。

こういった猫はもちろん誰も飼いたがらない。

ところで——。平家蟹は、甲羅の部分の凹凸が「恨みの籠もった平家の落ち武者」の顔に見えるところからそのように命名されている。写真を見ると確かに気味の悪い顔をしている。殺すと祟られそうな気がする。

人の顔に似た平家蟹ほど、そのリアルさゆえに捕食されたり殺される危険が低下し、そうした事情の累積が平家蟹の顔をより迫真的なものへと導いていったという説がある。淘汰の一例ということになろうか。それを敷衍するなら、人の顔に似た猫がことごとく珍重され可愛がられたりすれば、次第に人間そっくりの顔をした猫が巷にあふれることになるまいか。

だが人面猫なんて誰も望まないから、あの実存主義的人間めいた猫は散発的にしかこの世に生まれてこないのだろう。

ロジェ・グルニエの『ユリシーズの涙』（宮下志朗訳、みすず書房、二〇〇〇）は小ぶりの内省的な本で、裏表紙の内容紹介を見ると「本書は、著者グルニエが愛犬と過ごした日々の回想と、文学や歴史のなかの犬をめぐる思索とが絶妙にブレンドされた、43の断章からなる素晴らしいエッセーだ」と記されている。まさにその通りの愛すべき書物で、グルニエ個人の犬百科的な趣がある。これの猫バージョンを書いてみたいものだと夢想したことがある。そのような本であるならば、わたしとしては人間みたいな顔をした猫についても断章として触れることになりそうだけれど、おそらくグロテスク趣味が滲み出てきてしまい、そうなると猫好きの心を揺さぶるような一冊にはなりそうもない。

中野で猫の臨終を見たことがあった。ＪＲの駅から中野ブロードウェイを抜けて、巣鴨信金の横から新井薬師に向かう道をしばしば散歩していた頃である。薬師公園で煙草を吸いながらハトの群れを眺めて帰ってくる。途中のパン屋で葡萄パンを買うことにしていて、包んである透明なビニールに紫のインクで葡萄の絵とパン屋の親爺の氏名が印刷してあるのが心を和ませた。

以前からときおり目にしていた白黒まだらのデブ猫がいて、ある日曜の午後、駐車場の脇でぐったりと横たわったまま異様な呼吸をしている。チェーン・ストークス呼吸というやつで、これは人間でも死の間際に出現する。もはや生命の灯はほぼ消えているのに、まだ脳幹の部分はかろうじて機能しているために生じるいかにも苦しげな呼吸である。しかもその呼吸音がやたらと大きく、商店街にまで響き渡る。

つまり道行く買い物客や散歩中の暇人は、不吉な生理音を無理矢理聞かされ、困惑したまま互いに顔を見合わせることになる。そして音はどこから聞こえるかと視線を漂わせると、死にかけたデブ猫が目に入るという体験を味わうことになる。

真っ先にわたしが思ったのは、この猫は飼い猫かそれとも野良なのかということだった。もしも前者であったなら、飼い主は現在の事態に気付いているのか。獣医のところへ連れて行けとまでは言わないが、あのままでは穏やかでない。まずいだろう。飼い主はのどかにデパートへ買い物にでも行っているだろうか。

いっぽう野良であったなら、最終的な始末は誰がするのか。たぶん餌をあげていた奇特な人がいたに違いないから、そういった人が一肌脱ぐことになるのか。

それにしても野良猫の行き倒れなんてまず出会うことはない（交通事故以外は）。となると、このケースはかなり珍しいことになるのだろうか。と、そんなことを考えつつしばらく遠目に猫を眺めていたが、いつまでも突っ立っているわけにもいかないので葡萄パンを買って家に帰った。

翌週、また同じ道を歩いてみたが、猫が横たわっていた場所には何の痕跡も残っていなかった。


ホラー作家の平山夢明さんが、映画に登場したモンスターの中でいちばん好きなのはフランケンシュタインだと語っていた。ふうん。確かに彼ならそうかもしれない。ではわたしは何が好きか。

蠅男である。

一九五八年20世紀FOX映画の『蠅男の恐怖』および翌年の『蠅男の逆襲』に登場するデザインの蠅男である。ギャグ一歩手前の悪趣味さ加減と、妙な日常性との合体ぶりが好ましい。クローネンバーグ監督によるリメイク、『ザ・フライ』（一九八六）のほうは蠅の複眼を無視したデザインなので問題外である。

物質電送機を発明した学者が自ら実験台になってみたら、紛れ込んでいた蠅と電送中に混じり合ってしまい蠅男というキマイラが出現することになるのだった。で、自分自身を実験台とする前に科学者は、物質電送機に猫を入れてみる。しかしこのときは失敗し、猫は空中に拡散してしまうのである。実体が再生されないまま、猫の鳴き声だけがエコーの掛かった音響で空中から聞こえてくる。

この場面が忘れ難い。悲しいわけでもないのに、しみじみとする。もしも拡散してしまったのが犬であったら、頭の上の虚ろな空間から犬の鳴き声が聞こえてくることになるのだろうが、これではどうも間抜けである。やはりここは猫でなくてはならない。

電送機の実験という危険きわまりない行為に、ためらいもなく自分の飼い猫を供する精神にはいささか鼻白む。だが昨今の猫ブームのほうが異常なのであって、かつてはこれほど猫に「おもねる」人は滅多にいなかった気がする。もっとぞんざいな姿勢で接していたのではなかったか。

作家の梅崎春生（一九一五〜一九六五）はかなりの猫好きだったようであるが、当人は鬱屈のカタマリでしかもアルコール依存症だったから、猫に対しても素直な態度が取れない。彼の飼い猫はカロという名前で、四代目まで同じ名前が与えられていた筈である。「カロ三代」という小品があって（昭和二十七年）、これを読むと猫に対する愛憎入り混じった屈折が詳しく描写されている。まあカロのほうも食卓の魚をかすめ取ったりするのだが、梅崎とて「猫をかまったり、こらしめたり、いじめたりするには、竹の蠅叩きが一番有効であることを、私は発見した」などと書いている。ちなみにこの作品の中には斎藤茂吉の歌として「自動車に轢かれし猫はぼろ切れか何かのごとく平たくなりぬ」というのが出てくる。茂吉はこんな歌も作るのかと意外な気がしたし、梅崎の傑作「輪唱」（昭和二十三年）の中の一篇《猫の話》は、おそらくこの短歌から着想している。

で、三代目のカロのことである。夕方にカロを折檻した後のことが記されている。

カロの姿が見えなくなったのは、その夜からである。翌日も翌々日も、カロは私たちの面前に、姿を見せなかった。

六月二十六日の朝、隣りのH氏がカロがH家の天井裏で死んでいると、知らせに来て呉れた。

天井板から、片足をつき出して、死んでいたそうである。天井から足がぶら下っていては、H氏も仰天したに違いない。

遺骸は即座に引取った。

「あんたがあまりいじめるから、カロは自殺したのよ」

と家人は私を責めた。

「カロがいなくったって、平気なんでしょ」

「いや、とても気にかけていたんだ。日記にも書いている」

私は私の日記を、家人に示した。そこには、こう書いてある。

『六月二十五日。カロの姿、終日見えず。心配なり。

六月二十六日。カロ、H氏天井裏にて、死亡しありし由。哀悼に堪えず。涙数行下る』

家人はその日記の頁を、日に透かして見たり、こすって見たりして、なじるような調子で言った。

「これはインキの色が同じよ。二十五日のは、死んだと判って書いたんでしょ。カロがいなくて、心配する柄ですか」

私は黙して語らなかった。

このあたりの心の機微は、じっくりと玩味するに足る。猫におかしなコスチュームを着せて写真を撮って喜んでいるような人たちには、理解出来まい。

わたしはもともと猫の毛でアレルギーを起こす体質であった。たとえ猫が不在であろうと、猫がいた部屋に入ると敏感に反応する。まず目が痒くなり、くしゃみを連発し、ときには喘息発作に至る。

ところが精神科医になってから、かなり積極的に家庭訪問をしていた時期があった。天井裏に何者かが潜んでいて悪戯をすると主張する独居の老人とか、毒電波が飛んでくるからと窓をベニヤで塞ぎ室内に銀紙を貼り巡らせて電波の反射を目論んでいる患者とか、家の中でサングラスを掛けたまま数年来一言も口を利かない青年とか、そういった人たちのところへ診察をしに出向いていたのである。

ドラマチックかつ好奇心をそそるケースもあるが、認知症か否かの判断が多かった。そして独居の老婆を訪ねる頻度がいちばん高かったのであるが、おしなべてそうしたお婆さんは猫を飼っている。

診察を兼ねてお婆さんと世間話をしていると、いつの間にか猫が姿を現し、わたしに纏わり付いてくる。物怖じしない猫が多く、当方が胡座を組んで座っていたりすると、平気で足の間に入ってきてうずくまったりする。最初はアレルギーを恐れて身を固くしていたが、次第に馴れていった。社会人になってから体質が変化したのかもしれない。それに猫があんまり寄ってくるので、オレは猫にとって魅力的な男なのかもしれないなどと自惚れるようになった。

そのうちに妻の親戚宅で猫が生まれたと聞いた。親猫は神社で拾った猫だそうで、そうなると神の使いの子孫みたいなものである。思い立って子猫を見に行ったら可愛いので飼うことにした。自分でも容姿の良さを自覚している気配がある。そこで名前は〈なると〉とした。アニメの主人公にあやかったわけではない。ナルシストを省略して〈なると〉である。

完全な室内飼いで、家の外に出したことがない。これは残酷なことなのかどうか。猫自身は現状に満足しているように見える。我が家には子どもがいなくて共稼ぎなので、昼間は空き家になる。孤独な時間を満喫しているらしい。自分勝手で気まぐれで、まったく愛想がない。抱かれたり触られるのが嫌いで、孤高を保ちたがる（あちこちのお婆さん宅の猫たちは、ことごとくわたしにすり寄ってきたというのに）。そのくせわたしが原稿を書いていると、机の上に跳び乗って、モニターの横で寝入ってしまう。わたしの書くものが格調高い小説であったら、いわば「文豪猫」とでも称すべき存在なのになあ、と溜め息を吐きたくなる。たまに、わざわざキーボードを踏みつけてモニターに出鱈目な文字を打ち出す。わたしの原稿のつまらなさに業を煮やしてのことなのだろう。

冬の夜など、いかなる風の吹き回しか、急にベッドに潜り込んでくることがある。嬉しいなあと喜びを覚えるのもつかの間、すぐにまた出て行ってしまう。どうしてわたしの心を弄ぶのだろう。

ハーバート・リーバーマンの長編に『地下道』（大門一男訳、角川文庫、一九七四）という小説がある。引退した老夫婦が、森に囲まれた寂しい土地で静かに生活を送っている。子どもはいないし、ペットも飼っていない。そんな彼らの家の地下室に、ある日、何者かがそっと棲み付いてしまう。招かざる闖入者の筈なのだが、その人物と老夫婦との間に、互いに顔を合わせることのないまま不可思議な交流が生まれる。寂寥感に縁取られた親密さが芽生える。だが、やがてその絆は地元の人々を巻きこむ事件へと発展し、遂に闖入者は命を失うといった異常な物語なのであった。

すっかり心が傷ついた老夫婦は、悲劇の起きた土地を去り、遠く離れた海沿いの土地に転居する。やがて迷い猫が家に現れ、居着くことになる。失意の夫婦にとって、その雄猫は安らぎとなる。小説の最後の頁を以下に引用してみよう。

その時から彼は私の大きな慰めになった。夜は私はベッドでアリスの隣に寝ながら、これもベッドの中にいるネコが、私の脚に暖かく、ずっしりと触れるのを感じた。外では、風が砂原の上を渡り、窓のすぐそばの西洋スモモの木の枝に当って歯ぎしりした。もし耳を澄ませば、大洋の低い絶え間ないうねりが、静かに岸べに砕けるのが聞える。

こうした時を私はこの上ない時間と思っている。脚にネコの暖かい重みを感じ、アリスがそのずっと向うで、私と並んでぐっすり眠っていると、奇妙に心が安らぐ。ときどき私はマットレスを通してネコの鼓動を感じたり、彼が夢の中でゴロゴロ喉を鳴らしたりするのを感じる。それは平和な音で、私が彼から受けるように、彼も私の体のぬくみや接近から、同じように心の慰めを得ているのだと思う。こうした長い、眠れぬ夜、そこに横たわって夜明けを待ちながら、自分がこの世の最後の生きものではない、他の眠る者や夢見る者たちと結ばれていて、その者たちも待っているのだというのを知っているのは気持のいいものである。

私はそれがここにある実際のすべてだと思う——夜明け前のひんやりした、暗い時刻に、荒涼たる平原で、ほんの一握りの生きものが体を寄せ合い、いつ訪れるとも知れぬ暁を待って、互いに助け合っている姿が。

書き写しながらも、心に染み渡る文章である。わたしも〈なると〉と一緒に夜明けを待ちたいというのに。

ときおり、どこを探しても〈なると〉の姿が見つからないことがある。不思議で仕方がない。隠れることが出来そうなところはすべてチェックしても影も形もない。家の中にいることは確実であるのに。そのくせ、こちらがあきらめるとひょっこり姿を見せて、目の前を悠然と横切っていく。いったいどこにいたのだろう。壊れた物質電送機によって空中に拡散していたのではないかと疑いたくなる。

百科事典

作家の海野十三（一八九七〜一九四九）は、日本のSFの父といった位置づけにある。確かに彼の作品には宇宙船やサイボーグ、殺人光線、物質電送機等々の仕掛けはいろいろと出てくるものの、物語としては与太話に近いものが多い。SFというよりも探偵小説のトリックに、科学を装って荒唐無稽なガジェットを持ち込んだ作品の書き手といったイメージがわたしにはある。その荒唐無稽ぶりを楽しむのが、醍醐味なのではないのか。

昭和二十三年に発表された「透明猫」という短篇がある。子ども向けに書かれ、雑誌『少年読物』に掲載された小説である。ネットで検索すれば青空文庫で全文が読めるし、YouTubeで朗読を聴くことも可能だ。

主人公は青二という猫好きの少年で、歩いていたら道端から猫の鳴き声が聞こえる。ところが鳴き声はすれども姿が見えない。眼を凝らしてみると、丸いものが二つ、空中に浮いている。「全体はうす青く、そしてまん中のところが黄色で、そのまた中心のところが黒かった」。これが猫の目玉であった。目玉だけが見え、その他は透明になっている。

「あ、――」ふしぎな手ざわりを、青二は、感じた。毛の密生した動物の頭と思われるものに、ふれたからであった。

透明というとガラスだのプラスチックだの、硬いものに親和性がありそうに感じてしまう。さもなければクラゲや寒天のようにぐにゃぐにゃしたものを思ってしまう。透明で毛むくじゃら、という触感はなるほど「ふしぎな手ざわり」としか言いようがない。

青二は透明猫を拾って家に連れ帰り、しかし親には飼うことを禁じられそうなので自分の部屋に隠しておく。そのうち猫は目玉も次第に透明化してくる。いや、それだけではない。青二自身が透明になってきたのだった。母は彼に向かって言う。「青二、どうしたの。お前の顔は、かげがうすいよ」。

透明人間になってしまった青二は、化け物になってしまったと絶望する。親に心配をかけたくないと、彼は透明猫を連れて家出をした。「頭には、スキー帽をかぶり、風よけをふかくおろして顔をかくした。それからオートバイに乗る人がよくかけている風よけ眼鏡をかけた。そのガラスは黒かった。／くびのところを、マフラーでぐるぐるまいた。くびのあたりを人に見られないためだった。また両手には、手袋をはめた」。

こうして家出はしたが、たちまち路頭に迷ってしまう。しかし調子の良い香具師ふうの青年と出会い、青年は透明猫を見せ物にすることを提案する。見せるというよりも、客に実際に触らせるわけである。「現代世界のふしぎ、透明猫あらわる」「インチキにあらず。ちゃんと生きています。インチキを発見された方には、即金で金十万円也を贈呈します。透明猫普及研究協会総裁村越六麿敬白」といった調子で煽り立てたところ、評判を呼んで大儲けをしてしまう。

儲かったと喜んでいるうちに、香具師の青年もまた透明化してしまった！　いやそれどころか、見せ物で猫に触った人たち全員が透明化してしまったのである。触るとほぼ五日目に透明化し、透明化した人物に触れると別の人もまた透明化することが判明する。つまりペストのように、透明化現象には強烈な伝染性があるらしい。

その時点で、唐突にも羽根木博士なる人物が名乗り出る。騒動の元凶は自分です、と。博士はカビの一種に生物を透明化する作用があることを発見し、虫だのモルモットだの小動物にカビを植え付けて実験しているうち透明猫が逃げ出し、カビの感作で日本中に透明化現象が蔓延したとのことであった。博士はカビを殺すワクチンも用意していたので、それのおかげで皆もとに戻り、青二も家に帰ることが出来たのだった。物語の最後の部分は、

「のこる問題は、羽根木博士の研究のことであるが、博士は今まで発見していなかったこの研究の結果を、どういう方面に活かして使おうかと、今、考え中だそうである」と結ばれており、まことにのどかな雰囲気の作品なのであった。それこそツッコミどころ満載だが、いちいちそんなことを言うのは野暮でしかあるまい。愛すべき小品である。

それにしても、小説の中で動物を透明化するとなったら、猫よりは犬を思いつくほうが作家として普通ではないかと考えるのだがどうであろうか。犬は空中でボールをキャッチしたり、人間の命令に服従したり、いろいろ芸をする。愛想も良いし、舌でこちらの顔を舐めたり手を噛んだり、あれこれと動きがある。物語の狂言回しには、犬のほうが遙かに好都合の気がするのである。猫は寝てばかりいる上に気まぐれで、使い勝手が悪くないか。ましてや透明になった場合に、作者は持て余してしまいそうだ。事実、海野十三も決して透明猫を、その必然性も含めて物語中で上手く使いこなしていない。たんに彼が猫好きだったとか、そんな呆気ない事情が猫を採用した理由だったのかもしれない。

と、ここまで書いて、急に中国のものすごく古い百科事典(『支那の慈悲深き知識の宝典』)のことを思い出した。これはボルヘスのエッセイに出てくる話で、右に挙げた百科事典では動物が以下のように分類されているという。すなわち、(a)皇帝に属するもの、

（b）バルサム香で防腐処理したもの、（c）訓練されたもの、（d）乳離れしていない仔豚、（e）人魚、（f）架空のもの、（g）はぐれ犬、（h）上記の分類に含まれているもの、（i）狂ったように震えているもの、（j）数えきれないもの、（k）ラクダの毛で作ったきわめて細い筆で描かれたもの、（l）など（エトセトラ）、（m）つぼを壊したばかりのもの、（n）遠くからだとハエのように見えるもの――以上である（「ジョン・ウィルキンズの分析言語」木村榮一訳より）。

いったいどんな世界観から成り立っている分類なのかと、眩暈に襲われる。不思議というよりも気味が悪くなってくる。と同時に、ひょっとしたら古代の中国だとあり得るかもしれない、などと思いたくなる。紀元前から『山海経』が流布していた国なのだから。

この『支那の慈悲深き知識の宝典』に〈透明猫〉を掲載するとしたら、分類上のどこに該当するのだろうか。実在するという前提なら、（a）か（m）に属しそうだがまったく思い違いをしているのかもしれない。もしかすると動物ではなくて全然別な項目に記載されそうな気もする。たとえば【煙のようなもの】といったジャンルに、〈二枚貝が見た夢〉とか〈象が吐く息〉〈蜃気楼〉などと一緒に〈透明猫〉が分類されているとか。

わたしとしては、透明猫はSFよりも古代中国の百科事典のほうが相性が良さそうな気がするのである。

四コマ漫画／透明猫

①テーブルの上に両手を置いて椅子に座っている男。それを真正面から捉えた構図。彼の表情は気の弱そうな性格を窺わせる。にこやかだが、まったく深みを欠いて記号のようだ。

いや、そもそも余白の目立つ絵柄そのものが、陰影や個性を欠落させ、図形のように描かれている。

男「この家には透明猫が住んでいるんだ」と、読者へ語り掛ける。

②最初のコマとまったく同じ構図。空疎な笑み。ただし男の右頬には、「川」の字のように並んだ三本の短い線が描き加えられている。引っ掻き傷を表現する記号である。

彼は語る。

「透明猫は獰猛でね。すぐ引っ掻くのさ」

③またしても、寸分も変わらぬ構図。もちろん男の表情も同一。だが引っ掻き傷（の記号）だけが増えている。右の頬に加えて、今度は左の頬にも。しかし図形さながらの無機質な絵からは、痛みなどの感情はまったく伝わってこない。彼はさっきと同じ笑顔を浮かべたまま無言だ。

もちろん猫は透明だから見えない。

④さらに、寸分変わらぬ構図。男の空疎な笑みも同一。そして無言のまま。だが、またもや引っ掻き傷だけが増えている。今度は左右の頬に加えて、右手の甲である。

しかしただそれだけ。

読者には、これからコマが重なっていったらどんどん引っ掻き傷が描き加えられていき、最後には、男は引っ掻き傷の「記号」に覆い尽くされて消滅してしまうだろうことが容易に予想される——さながら紙に書かれた言葉が二本線で抹消されるように。

（おわり）

なにもしない

十数年前に、日光江戸村へ行った。妻の運転する車で日帰りの小旅行だったが、ウィークデイにこういった場所へ行くと、いかにもサボッている気になって楽しい。普段の仕事が忙しいほど、こうした場所で味わう喜びは深くなる。

ここは江戸時代の町を模した施設で、まあ映画の舞台セットに近い。川も橋もある。忍者ショーみたいなものをやっていたり、花魁行列だとか、鼠小僧（妙齢の女性）を路上で役人が取り押さえる場面だとか、奉行所で遠山の金さんが彫り物を見せたりとか、アトラクションがいろいろ用意されている。江戸の町人だの侍だのの格好をした役者も道を行き来していて、時代劇の世界に迷い込んだ気分にさせてくれる。

日光江戸村のマスコットキャラクターが〈にゃんまげ〉で、殿様みたいなちょんまげを結った猫なのである。着ぐるみなのだが、手に何も持っていない。ものすごく芸のないキャラクターで、喋ったりもしないし、いわゆる着ぐるみっぽい過剰な動作もしない。江戸村の中を二本足でうろうろしているだけで、積極的な行動をとらない。ただし可愛いから、客は姿を見つけると駆け寄って一緒に写真を撮りたがる。そうすると撮影には応じるし、子どもの頭を撫でたりはするものの、それ以上のことはしない。こんな無能なマスコットキャラクターも珍しいのではないか。

わたしが行ったときには、橋の上でぼんやりと突っ立っていた。いかにも所在がなさそうで、それどころかわたしが「あ、にゃんまげ！」と指差したら、一瞬、逃げ出しそうな様子まで見せた。妙に親近感を覚えさせる。中にはどんな人が入っていたのだろう。もちろん妻と代わりばんこに、にゃんまげと一緒に並んだ写真を撮った。

山の中に江戸村はある。隠れ里みたいな雰囲気もある（現在はどうなっているのか知らないが）。江戸時代の人々を演じているのは実際に役者らしい。若い役者にとっては、ここで働くのはいわば雌伏の時期なのだろう。いずれ舞台や映画やテレビで脚光を浴びる夢を持ちつつ配役をこなしている。いっぽう、役者としてあまり芽が出なかったが、それなりのキャリアを活かして江戸の住人を演じている人もいるのだろう。ことに年配のキャストにおいては。つまり役者に注目すれば、夢と野心を胸に抱いた者と、人生のほろ苦さを感じている者とが一緒に江戸村を支えているわけで、そういったところにも尽きぬ興味が湧いてくる。

ここで働けないだろうかとわたしは本気で考えたのだった。藪井竹庵とか名乗って、普段は江戸時代の町医者っぽい姿でぶらぶらしている。観客の中には当然身体の調子が悪くなる人がいるだろうから、そんなときには現代の医師として救護する。医務室担当のコスプレ医師という次第で、役者ではないから夢とか野心とか挫折などとは無縁でいられるのも気楽で精神衛生上よろしい。「では診てしんぜよう」などと言いながら、聴診器を取り出したりするわけである。

ただし問題は、江戸村は吹きさらしであることだ。夏は暑いし、冬は寒い。山の中だから気候が厳しいに違いなく、といってTシャツになったりダウンジャケットを着たりするわけにもいかない。下手をしたら、わたしのほうが診察される側になってしまいかねない。というわけで、ときおり日光江戸村で藪井竹庵に扮する自分を想像するだけに留めることにしたのだった。

ある舞台演出家と対談をしたことがある。新作が思春期の青少年を扱ったストーリーだったので、若い世代の異常心理に関してパンフレット用に対談を行ったのだ。原作は十九世紀末にドイツ人が書いたものであった。

無事に対談が終了し、そのあとで実際に舞台稽古を見学させてくれた。イケメンとしてかなり名の知られているタレントも登場していたので、帰ったら妻に自慢してやりたくなった。

おおむね台詞は覚えたがまだ演出が完全に確定していない段階での舞台稽古であった。だから俳優はTシャツだのジャージだの、勝手な服装をしている。動作や台詞回しに駄目出しが入って中断することも、しょっちゅうである。演出家と討論が始まることすらある。そのぶん熱気が稽古場に渦巻いていて、なるほどこういった雰囲気に充実感を覚えたら演劇の世界から足を洗えなくなるんだろうなと思った。

ときおり誰かが台詞を忘れる。忘れたらすぐに台本を取り出してカンニングするのかと思ったら、そうではない。台本を参照しながら稽古の流れをチェックする係がいて、その人が、次に言うべき台詞の冒頭だけを叱責するような激しい調子で口にする。すると俳優は、電気がオンになったロボットみたいにたちまち台詞を流暢に喋り出す。——つまりこういうことである。台詞を忘れるとはいうものの、喋っている途中で絶句してしまうケースはほぼない。きっかけとなるべき「最初のひと言」が出てこなくなるのである。最初のひと言とは、たとえば「そうしますとねえ」「なるほど」「おやおや」等々まことにありふれた言葉である。でもそれが、空を掴むように出てこなくなりがちらしい。

だが最初のひと言さえ教えてもらえれば、あとは急に意識を取り戻したかのごとく、すらすらと台詞が出てくる。頭で記憶するのではなく「勢い」で記憶すると表現したほうが相応しい状態なので、端緒さえ摑めれば台詞は勝手に口からあふれてくるのだろう。

感心しながら見学していたけれど、稽古場でふと変なことを思いついた。台詞における最初のひと言、あれは猫に似ているなあ、と。最初のひと言はありふれた日常の言葉に過ぎないかもしれないが、そのひと言が出現することで、たちまち意味を持った台詞が滔々と紡ぎ出される。豊かな世界が立ち上がる。では猫の場合はどうか。猫なんてちっとも珍しくない。ありふれており、そこらを散歩してもすぐに視界に入ってくる。にもかかわらず、自分の飼う猫は特別であり、その猫と一緒にいるだけで時間は濃密なものとなり、みるみる豊かで奥行きのある世界が現出する。「ありふれている」と「喚起力」、その両者を備えているところが似ているのではないかと思ったのであった。

ときたま独り言を口にする癖がわたしにはあるが、そうした際に発せられた言葉は、もしかすると野良猫みたいなものなのかもしれない。

『夏』という戯曲がある。フランス人のロマン・ワインガルテンが書いて一九六五年に初演された作品で、これをタイトルにした作品集（大間知靖子訳、思潮社、一九七一）が刊行されている。夢だか現実だか区別のつかないような作品で、しかしその浮遊感が素晴らしい。登場人物は、同書によればロレット（十四、五才の少女）、シモン（その弟、白痴）、サクランボのかけら（第一の猫）、ニンニク殿下（第二の猫）の四名（？）だけで、ト書きによればサクランボのかけらは「猫の扮装はしていない。中年の男という体」となっている。これだけでも現実離れしたトーンは見当がつくだろう。

わたしはこの戯曲が大好きでたまに読み返す。あの演出家と会ったときに、『夏』を上演してくれとリクエストすればよかった、などと思ったりする。万に一つも実現の可能性はないだろうけれど。

さてロマン・ワインガルテンは猫が好きらしく、他の戯曲でも猫が大きくフィーチャーされるし、エッセイでこんなことを書いている。

猫はなにもしないという意志しか持っていない。猫は家庭にあって、穏和ではあるが不屈な、太古の野性の離れ島なのであり、自分自身のことしか気にかけない。その点で猫は、同じく無害ではあるが決して自分を譲り渡さない芸術家や詩人により近い。

何だかカッコいいなあ。確かに我が家の猫を見ても、その通りである。自分が芸術家や詩人からは程遠いのも再認識されて、うなだれたくなる。

ロマン・ワインガルテンはパリにおける初演で第二の猫（ニンニク殿下。こちらのほうは中年男等の但し書きは付されていない）を自ら演じており、またその数年前にはジャン・ジリベール翻案・演出によるドストエフスキー作『白痴』でムイシュキン公爵の役で舞台に立っているという。たぶん美形でいかにもアーティスト然とした姿で、本人もそれを少なからず意識したうえで右のような文章を記したのではないか。彼は自分を優雅な猫族に属していると信じているに違いない。

そんな気がしたので彼の写真を探してみたが、一枚も見つからない。残念であると同時に、少し安堵した。いったい、わたしは彼が美形であるのを期待していたのだろうか、それとも逆であったのか。自分でも判然としないのが不思議である。

猫の命日

初夏の夕方。弱い風が吹いている。

駅から家を目指して歩いていた。まだ五時過ぎなのに、いつの間にか周囲が薄暗い。夕立が近づいているときみたいな切羽詰まった様子とは異なって、もっとゆったりしている。雨の匂いもしない。

道も家も商店も、木々の茂った公園や植え込みも、全体に黒っぽいベールに包まれている。ほどなく闇に沈んでしまいそうな気配で、少し不気味だけれども陰鬱というわけでもない。どこかノスタルジックな気分が感じられてくるし、物の怪が活動しそうな雰囲気も伝わってくるが、なぜそんな感情が起きてくるのかが分からない。

ふと視線を上に向けたら、意外にも空はまだ青く晴れているではないか。白い雲がちらほらと浮かんでいる。空だけ見れば真昼の風情で、地上の薄暗さと「ちぐはぐ」なのだ。電線だけが、黒々と視界を横切っている。

マグリットの、多分いちばん有名な絵が〈光の帝国〉という作品で、外灯や窓の灯がひっそりと光を放つ夜の佇まい（邸宅と樹木）が青空を背景に描かれている。色使いがいかにもベルギーの画家で、忘れ難い印象を残す。わたしが体験した夕方の光景は、マグリットの絵ほど光と影とが明瞭なコントラストを成してはいなかった。むしろ、いかにも日本的な不思議な眺めであった。この光景に何か呼び名はあるのだろうか。

おそらくないだろうから、自分で考案してみることにした。

いわゆる天気雨というのも何だか不思議な味わいで、あれには「狐の嫁入り」というネーミングがなされている。長谷川四郎の晩年の小説を読んでいたら（作品名は失念）、土砂降りの大雨を「狸の弔い」と称していた。果たして本当にそんな言葉があるのかと調べてみたら、これはどうやら長谷川のふざけ半分の造語だったらしい。

それにしても「狐の嫁入り」「狸の弔い」ときたらあともうひとつ、たとえば「猫の命日」なんてのはどうだろうと思ったことがある。ただしどんな自然現象がそれに該当するだろうかと考えあぐねているうちに忘れてしまった。

そんな怪しげな言葉が初夏の夕方に、忽然と甦ったのである。地上は夕方に相応しく薄暗くなっているのに空は青空——そんな奇妙な天候は「猫の命日」と呼んではどうか。自

分でも必然性がよく分からないけれど、

狐の嫁入り
狸の弔い
猫の命日

——と、たんに言葉を三つ並べてみたかっただけのような気もする。

帽子

慣用句に「猫を被る」というのがあるじゃないか。本性を隠して、さも大人しそうに振る舞うことである。これは意味内容から察すると虎が猫の毛皮を被っているということになろうか。照猫画虎、猫に照らして虎を描くという言葉があって、これは手近なものからいくら類推してもホンモノの本質には迫れないという意味で、猫がニセモノ、虎がホンモノということになっている。そうした対比から考えても、やはり猫の毛皮を被っているのは虎となるだろう。

子どもの頃、「猫を被る」の意味は一応知ってはいたが、この言葉からいつも頭に浮かぶのはデビー・クロケットであった。西部開拓時代の英雄であった彼はアライグマの毛皮で作った帽子がトレードマークであった（クロケット帽）。その画像のせいで（小坂一也や弘田三枝子が昭和三十年代にデビー・クロケットの唄というのをヒットさせていて、クロケット帽は本邦でも広く知られていた）、わたしは猫版のクロケット帽がありありとイメージされてしまうのだった。

猫の毛皮の帽子を被った人（後頭部には尻尾がだらりと垂れ下がっている）なんて、実際には不気味さと間抜けさが混ざり合ったようにしか見えないだろうし、その人が虎になぞらえられるとも思えないのだけれど。

という次第で、立原道造（一九一四〜一九三九）ふうの詩をひとつ。

猫

学校の帽子をかぶつた僕と黒い猫をかぶつた
友だちが歩いてゐると、それを見たもう一人
の友だちが後になつてあのときかぶつてゐた
猫は君に似あふといひだす。僕は猫なんかか
ぶつてゐなかつたのに、何度いつても、あの
とき黒い猫をかぶつてゐたといふ。

この詩は、立原道造の未刊詩集の一篇「帽子」をもとに、言葉をひとつ入れ替えただけ

である。このままでは「あんまり」なので、もとの詩を挙げておく。

学校の帽子をかぶつた僕と黒いソフトをかぶ
つた友だちが歩いてゐると、それを見たもう
一人の友だちが後になつてあのときかぶつて
ゐたソフトは君に似あふといひだす。僕はソ
フトなんかかぶつてゐなかつたのに、何度い
つても、あのとき黒いソフトをかぶつてゐた
といふ。

中原中也は山高帽が、立原道造は黒いソフトが似合うわけだが、猫の帽子が似合う怪人は誰だろうか。

四コマ漫画／象（エレファント）

①道をとぼとぼ歩いている野良猫。情けない表情。
野良猫「猫ブームらしいのに、誰も僕を拾ってくれないニャー」

②金持ちそうな初老の夫婦が通りかかる。猫を見て妻がいう。
「あら、猫ちゃんだわ。飼ってみようかしら」

僥倖にありついたかも、と顔を輝かせる野良猫。

③何となく浮世離れした表情で眼鏡・肥満の夫が、妻に向かって説いて聞かせる。
「お前、近頃は猫の姿で人をだます象が多いらしいぞ」

一瞬、困惑している野良猫。

④去っていく夫婦の後ろ姿。妻はのどかな調子で夫に語っている。
「そうね、いくらなんでも家庭じゃ象を飼うのは無理ですものね」
半泣きになりながら、頭の上にいくつもの「?」マークを浮かべて夫婦の背中を見つめている野良猫。

（おわり）

電気

新聞に載っていたおかしな事件の三面記事を、いちいち切り抜いて丹念にスクラップブックへ貼っていた時期がある。そのスクラップブックを開いてみると、平成十三年七月十七日付朝日新聞に、「父の遺体　冷蔵庫に十三年」という記事が掲載されていたことが分かる。前半部を引用してみよう。

横浜市港北区の市営住宅に住む五十代の無職の男性が、十三年前に死亡した父親の遺体を自宅の大型冷凍庫で保管していたことが十七日わかった。男性の部屋の電気が止められたため、今月中旬になって近所の人から「異臭がする」との１１０番通報があって発覚した。死亡届が提出されていることなどから、神奈川県警港北署は事件性はないとみている。

なぜその男性は父の遺骸を冷凍保存していたのだろうか。病死した父の葬儀が行われた後、男性は「生き返るかもしれない」と火葬を拒み自宅へ死体を持ち帰った（その男性は一人暮らしだったようだ）。当初はドライアイスで冷やし、やがて大型冷凍庫を購入して十三年が経った。死体は眠ったような様子だったことだろう。ところがなぜか男性はいきなり失踪し、料金未払いから電気が止められてしまった。記事によれば、男性の行方はいまだに不明という（発覚後、本人が警察に電話を寄越したので生存は確認されている）。

生き返るのを待っていたのはともかくとして、男性が父を置いて失踪した理由のほうが気になる。電気が差し止めになって死体隠匿が露見してしまうことなど予見出来そうなものなのに。精神科医としての経験に照らして申せば、妄想に生きるような人はときとしておよそ一貫性を欠いた行動を（平然と）取る。むしろそうした不連続さの突出こそが、精神の不健全さを示していると考えたくなるのである。

父親は息子の妄想に十三年付き合って、やっと荼毘に付してもらえたのであった。

作家のトルーマン・カポーティは、ノンフィクション・ノベルの傑作『冷血』（一九六六）を書いたあと深刻なスランプに陥り、結局そこから抜け出せないまま一九八四年に世を去っている。

十八年にも及ぶ低迷期においても、彼は細々と作品を発表していた。たとえば一九八〇年の短篇集『カメレオンのための音楽』。野坂昭如の訳で早川書房の文庫が現在も流通しているが、内容は作家としての衰えを隠せない。インスピレーションやパワーのみならず、技巧までもが稚拙になっているのが不可解に思える。読んでいて、その衰え具合に切なくなってくる。

同書に「窓辺のランプ」という小品が収録されている。

四月の寒い夜に、いささか信じ難い経緯から「私」はコネチカットの田舎道に置き去りにされてしまう。風は強いし、人も車も通らない。いや、家すら見当たらない。心細い気分で三十分ばかり歩くうちに、「私」はポーチのある一軒家を闇の中に見つける。「その窓辺はランプで明るい。私はつま先立ってポーチへ近づき、窓から覗いてみると、人のよさそうな白髪丸顔のお婆さんが、暖炉のそばで読書中。猫が一匹膝の上、さらに何匹かが足元で眠っていた」。

いかにも居心地の良さそうな家ではないか。ノックをすると老婆は温かく迎え入れてくれる。「私」は電話を借りてタクシーの手配をしようとするが、生憎、電話はないという。隣家までは数マイル。車も持たない一人暮らしで、必要なものは親切な郵便配達夫が買ってきてくれる。

結局、「私」は老婆の家に一晩泊めてもらう。翌朝、朝食を摂りながらの話題が猫になった。「私」はトマという名の雌のシャム猫を飼っていたが十二歳で死んでしまった。以来、喪失感で猫を飼っていない。そんなことを語ると老婆は、

「まあまあそれなら、きっとこれもわかっていただけますわね」と、冷凍庫のところへ私を連れていって、扉を開けながら言った。

中はなんと猫だらけ――冷凍され、完全に保存された猫が数十匹も積み重なっているではないか。私は少々気分が悪くなった。

「みんなみんな、私の昔のお友達。安らかに眠ってますわ。私、いなくなってしまうのが耐えられなくて、とっても耐えられないんですの」彼女はほほえみつつ、「少し気がふれてるってお思いになってらっしゃるでしょう」と言った。

数時間後、五マイル先の町を目指しながら歩く「私」は、老婆について思う。「たしかに少し狂っている。いや輝いているんだ――あの闇の中の窓辺のランプのように」、と。

そんな話なのである。それ以上、何かの展開とかオチがあるわけではない。波瀾万丈の話である必要などないけれども、いまひとつ物足らない読後感であった。しかしそれでも、

電話もないまま一人でひっそりと暮らす老婆の姿は不気味でもあり、寂しげでもあり、同時に何やら切実なものも感じられる物語なのであった。

この老婆は猫が「生き返るかもしれない」などと馬鹿げたことは思っていなかったのであり、そうした点ではまだ健全な精神の持ち主だ。裏庭に死体を埋めずに、別れがつらいからと冷凍庫に保存するのも、理屈としては「あり」かもしれない。「あり」と思ってしまう程度の心のバランスの狂いは、こんな孤独な生活を続けていれば無理からぬことではないのか。

しかしそんなことよりもわたしは、電気のことを考えたくなる。こんな辺鄙な場所でも、電気は律儀に供給されているのである。その電気が、死んだ猫の姿をそのまま保存したり、電気椅子で罪人を黒焦げにしたり、間抜けな人間を感電死させたりしている。と同時に、熱帯魚の水槽の酸素ポンプを休むことなく動かしたり人工呼吸器を駆動させたりしている。もちろん窓辺のランプを輝かせたり、真空掃除機に吸引力を与えたり、ラジオを鳴らしたり、あらゆる形で日常生活に寄与しているだろう。そのようなさまざまな場面が、次々にせわしなく脳裏に浮かび、するとわたしは電気のダイナミックさに妙に感動してしまうのである。何と素朴な感性なのかと自分でも呆れるが、そんな気分にさせられるのは（おそらく）冷凍猫の仕業である。

※『カメレオンのための音楽』は、ハードカバー版と文庫版では訳文が少々異なる。ここでは前者に依っている。

H・P・ラヴクラフト小伝

怪奇幻想作家ハワード・フィリップス・ラヴクラフトHoward Phillips Lovecraftの生涯について、もはや新たに付け加えるべき情報はない。ここでは、既に知られている事柄を取捨選択して小さな伝記を綴ってみたい。

一八九〇年八月二十日、米国ロードアイランド州プロビデンスでラヴクラフト(以下、HPLと略す)は生誕した。いわゆる一人っ子である。父は宝石商であったが精神疾患を患い、HPLがまだ幼い頃に精神科病院で亡くなっている。その後、母方の祖父に引き取られ、ヴィクトリア様式の鬱蒼とした屋敷で成長する。母は病弱で(ヒステリーで男性嫌悪があった。息子に性的な問題を抱え込ませた可能性は大きそうだが、作品からそうした歪みは「あからさま」には滲み出てこない)、温かい家庭の雰囲気を知らずに彼は成長した。

幼い頃からHPLは悪夢に悩まされ、さらには神経症に苦しんだ。癲癇(てんかん)であったとする資料もある。神経症からはなかなか逃げ切ることが出来ず、学校にも通えなくなり、さらには祖父の死去によって経済的にも逼迫し、かねて希望していたブラウン大学への進学は頓挫した。なお彼の写真を見ると容貌は末端肥大症を窺わせるが、その点について触れた文献は未確認である。

幼い頃から小説（めいたもの）を習作していたが、十八歳において進学の断念と歩調を合わせるようにHPLは創作をあきらめ、世捨て人同然の生活を前述の古い屋敷で送るようになった。しかし二十四歳になると気を取り直し、同人誌活動に参加するようになる。アマチュアとして小説を発表するいっぽう、わずかの報酬で文章添削の仕事を始め、結果的に多くの若い怪奇幻想小説作家たち（の卵）から慕われるようになる。HPLは手紙魔として知られ、添削と創作、さらには文通によって孤独を紛らわせていた。社会常識やソツなく振る舞うといったことを身につける機会を持てなかった彼は、暗い屋敷で引きこもりに近い生活を送っていたのである。

一九一七年には徴兵検査で不合格、一九二一年（三十一歳）には母が死去するがちょうどその頃にHPLの神経症が改善した事実は示唆に富む。

HPLは自分の作品に自信を持てない小心者であった。したがって商業誌や出版社へ積極的な売り込みはせず、その傾向は終生変わらなかった。とはいうものの三十三歳にして

『ウィアード・テールズ』に「魚神ダゴン」が掲載される。以後それなりにパルプ雑誌では人気を博すが、世間的に大きな評判を得ることはなく、存命中に出版された著書は『インスマウスの影』のみであった。三十四歳、文通で知り合った女性と結婚。ニューヨークのブルックリンで生活を開始するもHPLに都会生活は馴染めず、別居を経て三十九歳で離婚、結局はプロビデンスの屋敷に戻って再び以前の生活に戻る。

一九三七年、腸の癌で死去。享年四十六。死後、いわば彼の弟子に当たるオーガスト・ダーレス（文通のみで、実際にHPLと会ったことはなかった）とドナルド・ウォンドレイがHPLの作品を世に出すために出版社「アーカムハウス」を設立。著作を体系的に整理して発表することにより広く知られ評価されるようになった。さらに弟子たちがHPLの作品設定をもとに創作を行うことでクトゥルフ神話なるものが確立され、その共同体的認識に基づく作品群は現代においても（さらには本邦でも）書かれ続けている。また全集や書簡集、伝記が何種類も刊行されており、日本では創元推理文庫版の全集（全七巻、別巻上下巻）が容易に入手出来る。映画化された作品も少なくない。

珍しいことに、HPLは酒も煙草も嗜まなかった。阿片中毒でもおかしくないような作品を書いていたのに。好物はアイスクリームで、チーズやチョコレートも好きであった。いっぽう、海産物を気味が悪いと毛嫌いし（最初に商業誌へ掲載された作品も、生臭い魚の化け物である魚神ダゴンを「おどろおどろしく」扱ったものであった）、かなりの偏食家であったようだ。

そんな彼は猫が大好きで、「猫はこの世でもっとも美しい生き物だ」などと公言していたらしい。怪奇幻想作家の飼い猫がどんな名前であったのかは大いに興味をそそられるけれど、残念なことに今のところ調べがつかない。愛猫の名を冠したファンジンやロックバンドがあってもおかしくない気がするのだが（ちなみに、シカゴにはH. P. LOVECRAFTというサイケデリック・ロックのバンドが存在していた。一九六七年と翌年に計二枚のアルバムを残している）。

HPLの猫好きについては、有名なエピソードがある。子猫が彼の膝で眠ってしまい、それを起こしたくないからとHPLは椅子に座ったまま一晩中、身じろぎもせずにじっとしていたというものである。確かに尋常ではない。わたしだったら無理である。というよりも、そもそも我が家の猫は何時間も膝の上で寝るなんてことがない。五、六分がいいところである。たとえ当方がじっとしていても、飽きてしまうのであろうか、実に素っ気ない態度で膝から飛び降りて別の場所に去ってしまう。これはわたしの猫が変わっているのか。あるいはそんなものなのか。

彼の短篇に「ウルタールの猫」（一九二〇）という小品があって、HPLは自分の作の中でもっとも気に入っている一篇らしい。エジプトを連想させる古（いにしえ）の地ウルタールには、近辺の猫を罠に掛けては殺すことを好むとんでもない老夫婦がいた。放浪のキャラバンがその地を訪れた際、メネスという少年の飼っていた黒猫もその毒牙に掛かってしまう。メネスは土地を離れる際に呪いを念じた。するとウルタールに住む猫が一斉に姿を消し、だが翌朝にはすべての猫たちが満腹した様子でまたもとの場所に戻っていた。

猫たちは何をしていたのか。メネスの呪いに乗じて猫たちはあの老夫婦を襲い、肉を食べてしまった。いわば猫の復讐ということで夫婦は白骨になって家に横たわっていたという物語である。

酸鼻に過ぎる。猫好きがこんな小説を書くものだろうかと首を傾げたくなるが、創元推理文庫版の全集第六巻の内容紹介には、「猫を愛する読者ならば快哉を叫ぶ佳編」と書いてある。勝手に「猫の敵」を設定し、それに対する残忍な復讐なのである。快哉もへったくれもあるまい。文学としては著しく深味に欠けるのである。

おしなべてHPLの作品は、大仰で装飾過多な文章と思いつきレベルの陳腐なオチで成り立っている。ただし、一途な情熱と異様な世界観が人を惹きつける。飼い猫に呪文めいた不可思議な名前をつけるかもしれないと期待させるいっぽう、日本なら「タマ」に相当しそうな月並みな名前を平気でつけるかもしれないと思わせる——そんな矛盾したところがＨＰＬにはあるのだ。

猫の名前、猫の永遠

伊丹十三が一九六〇年代に書いたエッセイに、猫に名前をつけるのは難しいといった内容のものがあったと記憶している。ここに現物がないのでわたしは思い出を頼りに綴っているのだが、彼は自分の猫に「歯医者」という名をつけたと述べていた。

当時高校生だったわたしは、「お、さすが」と呟くと同時に、ちょっと無理しているなあと感じてもいた。人前で「歯医者、ご飯だよ、おいで」なんて言うのは恥ずかしいじゃないか。伊丹の自意識過剰加減に、自意識過剰真っ最中の高校生であったわたしは複雑な気持を抱いたのであった。

三十頁でも言及したロマン・ワインガルテンの戯曲『夏』について、ここでもう一度触れておきたい。あの作品の登場人物表は以下の通りであった。すなわち――

ロレット　十四、五才の少女

シモン　その弟、白痴
サクランボのかけら（モリティエ・スリーズ）　第一の猫
ニンニク殿下（サ・グランドウール・ダイユ）　第二の猫

この四人（?）だけで、舞台は作り上げられていく。ロレットは人間とだけ喋れ、猫は猫同士で喋れ、いっぽうシモンは猫とも人間とも喋れるが頭がオカシイと思われている。そういった設定の夢幻的な演劇で、夏のどこか理性が失われ現実離れした感覚が巧みに表現された秀作であった。そして猫たちの名前の大仰さがいかにもフランスの芸術っぽく響いて、わたしはうっとりとさせられたのだった。

芸術領域の仕事をしている人たちに限らず、猫を飼おうとする多くの人々はその命名にかなり構えてしまうのではないか。考えようによっては、センスを試されているも同然なのだから。もっとも、たとえば詩人で作家の吉行理恵（吉行淳之介の妹）は、飼い猫の一匹に「雲」という名をつけていたがその由来は、

「可愛い仔猫を拾いましたから、一匹いかがですか」

と、知人から電話がかかったので、行ってみると、五匹のきょうだい猫たちがいまし

た。

ところが、そのなかで一ばんからだが大きく、顔とお腹が真っ白で、のこりの部分は灰色の猫が、私が持っていた籠の中に、さっさと入ってしまいました。

「この猫は空に浮かんでいる雲みたいだなあ」

と私は思いました。

となっている（『雲のいる空』角川書店、一九七七）。何の「ひねり」もなくて脱力させられる。吉行理恵は天然系の無防備な人（だから子ども時代はいじめられっ子であった）で、それゆえなのか「雲」の身体に鼻を近づけたら衛生ボーロの匂いがしたからと名を「衛生」に変えている（こちらのほうがアバンギャルドで詩人の猫には相応しい気がする）。猫の名前を平気で変更するのも珍しい。

吉行理恵とはおそらく対極にある人物――辛辣で攻撃的でシニカル――に、作家のパトリシア・ハイスミスがいる。映画『太陽がいっぱい』の原作者で知られるが、むしろ短篇のほうが切れ味は鋭い。そんな彼女のショート・ストーリーに「狂気の詰め物 The Stuff of Madness」という作品がある（『ゴルフコースの人魚たち』所収、森田義信訳、扶桑社、一九九三）。

弁護士のクリストファー・ワゴナーはペニーと結婚して彼女の屋敷に住んでいる。ペニーはペット好きでさまざまな小動物たちを過去に飼い、現在も飼っている。ただしいささか異常なのは、ペットが死ぬとそれを剝製にして家の中や庭に飾っておくことだった。「庭では、全部で十七、八匹の犬や猫と、ピトーキンという名の兎が保存されていた」。この屋敷で起きた事件がどんなものであったかはここには書かないが、念のために申し添えておくと、人間が剝製にされて動物と一緒に飾られるなんて結末は用意されていない。わたしがここで引用したいのは、猫の名前の件なのである。

ペニーが超常現象の実験からその名前をひろってきた、リバというアビシニアンの猫。リバは緑がかった黄色い目を光らせながら、木の枝の上でうずくまり、今にも下の道を通りかかる人間に飛びかからんとしていた。クリストファーは何度か、リバを目の端にとらえた客が、驚いて飛びのくのを見たことがあった。

剝製になった猫の名前が、超常現象の実験の名前に由来しているとは。これはカッコイイなあとわたしは思ったものである。しかも猫の種類が野性的というか古代エジプトを想起させるアビシニアンとは。もっとも、リバという名称の実験とは何なのだろう。調べてもまったく分からない。スペルも不詳である。でも、何だか心を惹き付ける。

ところで猫関連ではもっぱら猫の絵ばかりを描いて人気を博していた英国の画家ルイス・ウェイン（一八六〇〜一九三九）が思い浮かぶ。彼は四十代の後半から徐々に言動がおかしくなり、暴力まで加わって六十四歳にして精神科病院に収容された。病名は統合失調症で、発病後の彼が描く猫の絵がどんどんアラベスク模様のように解体され、アトミック・エイジの悪夢みたいな画面になってしまったのは有名だろう。高校の美術の教科書にも載っていたのではなかったか。いわゆるアウトサイダー・アートの典型とされ、病状の進行と猫の絵のアラベスク化とが並行していたかのように言われている。

わたしは「超常現象の実験からその名前をひろってきた、リバというアビシニアンの猫」といった記述から、反射的に（当方にとっては超常現象と狂気とは同じジャンルに属している）ルイス・ウェインのアラベスク的猫を連想してカッコイイと思ったのであった。なお、ルイス・ウェインのヒストリーを追ってみると、いろいろと気になることが出てくる。まず、四十代後半に発病し、六十四歳で初回の入院となる統合失調症は珍しい。普通はもっと若い頃に発病し、当時であったら抗精神病薬がないから六十四歳においてはすっかり人格が荒廃してしまい、あんな鮮烈な絵は描けなかったのではあるまいか。むしろ脳腫瘍とかホルモン異常などを疑ったほうが良いのではないか。わたしが過去に担当していた統合失調症の画家は、病状の進行とともに構図がどんどん散漫になっていった。緊張感に欠けたコラージュみたいな画面になっていった。それを補うべく、多くのアウトサイダー・アーティストたちは幾何学模様めいたものでびっしりと空白を埋めていった。しかしウェインの場合はどうか。なるほど猫は背景と渾然一体になった幾何学模様然となっているが、それは緊張感や構成能力の衰退とは違っているようだ。むしろ抽象化への積極的展開に思える。

実際、病状の進行と猫のアラベスク的解体とは必ずしもパラレルではなく、いかがわしい研究者によって、描かれた順番をかなり恣意的に並べ替えられているらしい。ウェインの「狂気の猫」と「リバと名付けられた超常現象の実験」には、ともに怪しい部分が残るのである。

❖

それにしても猫の名前に関するどこか「思春期の勇み足」的な気恥ずかしさは、猫の魅力と深いところで関わっている筈だ。いや、その答は最初から分かっている。

少なくともわたしにとっての猫の魅力とは、いわゆる境界性パーソナリティー障害（BPD）の魅力的な側面のみを寄せ集めた在りようなのである。BPDの人たちには精神科医として散々悩まされており、そのマイナスの側面である〈他人を振り回す・自傷趣味・キレる・攻撃性・見捨てられ不安・情動不安定・極端・対人関係の不安定〉などにはうんざりさせられる。にもかかわらず、実はマイナスの側面とも重なる部分のあるプラスの側面〈孤高・気まぐれ・独自の美学・月並みなものへの軽蔑・トリックスター的・情熱と倦怠・閃き〉はたとえばアルチュール・ランボーだとかヘルマン・ヘッセ、ヴァージニア・ウルフ、ジム・モリスン、太宰治など（彼らは病跡学でBPDと推定されている）に結実している。それに似たものを猫には感ずる。わたしにとっての猫は、そのようなものなのである。我が家の飼い猫である〈なると〉（ナルシストの略）もその一族である。

そう、BPD親和性な生き物なのだ。だから世間には極端な猫嫌いが結構いるのも無理はないし、2ちゃんねらーが猫好きなのも推して知るべしなのだ。

❖

写真論にしばしば引用されるロラン・バルトの『明るい部屋』（花輪光訳、みすず書房、一九八五）には、一頁大の写真が二十五枚掲載されている。その最後の写真はアンドレ・ケルテスが一九二八年にパリで撮影した「子犬」と題された作品である。結構有名な写真なので、この本以外のところで目にした読者も多いのではないかと思う。

もちろんモノクロである。愛想のない少年が子犬を抱えている。ちょうど頬ずりするように犬を持ち上げている。少年の視線はレンズを向き、いっぽう子犬の視線は少し下向きである。それだけの写真だ。

バルトは「まなざし」と題された節でこの写真に触れている。

> 生まれたばかりの子犬を抱いて、ほほずりしているこの貧しい少年は、悲しみと愛着と恐れの入り混じった目でカメラを見つめている。なんと不憫で切なくて思慮深い様子であろう！　だが実は彼は何も見ていないのだ。彼のまなざしは愛と恐れを心のうちに引きとめているのである。写真の「まなざし」とは、そういうものなのである。

わたしは少年のまなざしが八十七年をかけてわたしに届いた（注・この小文を書いたのは二〇一五年であった）ことに感動するので、まあ人によって感じ方はさまざまだなあと痛感するばかりである。しかもわたしがこの写真でもっとも心を動かされたのは、犬がちっとも可愛くなかったことなのである。

この子犬は、毛が短くて耳の垂れたタイプである。角度の問題なのだろうが、頭が禿げてわずかに残った頭髪のように耳が見える。目は陰気でどこかしら分別くさい。鼻のあたりが黒くて、これがヒトラーふうのチョビ髭を彷彿とさせる。口は閉じられ、生気を感じさせない。要するに覇気を欠いた冴えないオヤジの顔みたいなのである。しかもその犬を抱く少年も明るさがない。

普通だったら「きゃあ可愛い！」とか、いじらしいとか、そういった文脈で撮られるであろう種類の写真なのに、明るさや希望や潑剌さが抜け落ちている。少年のまなざしにも、どこかしら「ふてくされた」ものがある。

でも全体としては、何か痛切なものを感じる写真なのである。それはおそらく妙に大人じみた少年の表情や不細工な子犬の顔が、生の一回性を強く感じさせるからだろう。今現在において犬は確実に死んでいる。少年もほぼ生きてはいまい。いや、びっくりするほど若い年齢で呆気なく亡くなってしまったかもしれない。犬も少年も、どちらかといえばあまり幸福な生をまっとうしたようには思えてこない。そしてその生は事実上終わってしまっている。そうした何か取り返しのつかない気持がわたしを覆い尽くす。やるせない気分にさせられる。そういった写真なのだ。

ここでわたしは何を言いたいのか。もしこの子犬が猫だったらどうかと考えるのである。やはり取り返しのつかない気持、やるせない気分に駆られるだろうか。

たぶんそんなことはなさそうに思えるのである。いささか飛躍した物言いになるが、猫は「生の一回性」といった痛切なイメージから微妙にずれる気がしてならない。どうもそうした感覚から超越したものがあり、それこそが猫の独特な不思議さにつながっているのではないか。早い話が、「100万回生きたねこ」は成立しても「100万回生きたいぬ」なんて童話はあり得ないということである。

いささか大げさに述べるなら、猫にはどこかしら永遠性みたいな雰囲気がまとわりついている。猫の尊大さも気まぐれさも、永遠性とペアになっているからこそわたしたちはそれを魅力と感じているのではないだろうか。

劇作家である別役実は結構な数の童話を書いている。その中に、一九七〇年前後に「おはなしこんにちは」というNHKの番組の放送用に書き下ろした「猫貸し屋」という作品がある（『淋しいおさかな』所収、PHP文庫、二〇〇六）。

真昼なのに静まりかえった街（古い石造りの家々がひっそりと立ち並んでいる）を、「猫貸し屋」のお爺さんが歩いて廻る。

「猫かしましょーう、おとなしい猫……。猫かしましょーう、おとなしい猫……」と、お爺さんは声を上げる。彼はドンゴロスの袋（麻袋）を背負い、その中には「大きいのやら小さいのやら、白やら黒やら三毛やら虎やら、とにかくびっくりするほど沢山の猫たち」

が入っている。窮屈ではあるけれど、猫たちは苦痛も感じず静かに袋の中に収まっている。ときには袋を内側から引っ掻く猫もいるけれど。

いくらお爺さんが声を上げて歩き廻っても、なかなか客は現れない。夕方になっても、客は現れないどころか誰にも遭わない。お爺さんは少し弱気になって袋の中の猫たちに語り掛ける。

「お前たち、どうだい？　もうそろそろこの街はやめて、ほかの街へ行ってみるかい？　一人ものの淋しいお爺さんやお婆さんの大勢いる街が、どこかにあるかもしれないからね。それとも……もう少しこの街で頑張ってみるかい？　この年になって旅をするのもつらいからねえ……」

やがて日がすっかり暮れようとする時分、とうとうお婆さんが声を掛けてきた。一人っきりで退屈だし心細いから、と。小さくて大人しい三毛猫をお爺さんは彼女に貸す。

それから一週間、猫貸し屋のお爺さんは風邪をひいて床に就いていた。やっと回復し、また商売に出ようとしていた矢先の朝、街の役人があの三毛猫を連れて訪ねてきた。昨夜、あのお婆さんが亡くなったので猫を返しに来たのだ、と。ついでに役人は言う。若者はみんな出て行ってしまったし、老人はあのお婆さんを最後に誰もいなくなってしまった。もうこの街で商売は成立しないよ。

「そうなんだよ。だからね、お爺さん、もうこの街は出た方がいい。この隣町に小さな養老院があるから、何ならそこを紹介してあげてもいいよ。いい所さ。小さいけど庭もあって花も咲いている」

でもその養老院には、麻袋いっぱいの猫たちと一緒に厄介になるわけにはいかない。お爺さんは養老院を断る。そしてまだ袋に入っていない猫たちをぞろぞろ連れて、街を見下ろす丘へ登る。物語の最後の箇所を引用しておこう。お爺さんが猫たちに語り掛ける場面である。

「みてごらん、あれが街だよ。そしてもう誰もいないんだ。空がきれいだねえ。あんなに澄んでいる。秋だからだよ」

お爺さんと猫たちは、丘の上に坐って、いつまでもその秋の空を見上げておりました。お爺さんの目から、涙が一つあふれて、それが吹いてきた秋の風に、小さくふるえながらこぼれました。

遅かれ早かれ冬が訪れるのだろう。切なくなってくる。おそらくこの切なさの中には、人間における生の一回性と猫たちの無力な存在感、そしてそれにもかかわらず猫たちにそこはかとなく漂う永遠性が複雑な味わいをもたらしているのではないか。「犬貸し屋」では感興が乏しくなってしまいそうに思えるのである。

エレジー elegy

手袋の片方が見当たらなくなった。指なし手袋という奴で、灰色の毛糸で編んである。五本の指先がカットされ、だからいちいち脱がなくてもちゃんとコインやICカードをつまめる。スマホも操作出来るので便利だし、何となく着崩したファッションみたいでカッコイイ（親指・人差し指・中指の先端だけをカットした手袋もあるそうで、そちらはスリーフィンガーと呼ぶらしい）。そんなお気に入りの左側が消え失せてしまった。

自動車の床に落としたのだろうと思ったが、車内を捜索しても見つからない。コートのポケットや鞄の中もチェックしたが姿が見えない。いくら記憶を手繰ってみても、これ以上探すべきところを思いつかない。落胆した。

いや、落胆というよりも寂しい気持になった。見失った左側の手袋のことを考えると、不憫になる。今頃どうしているのだろう、などと「逃げた猫を案じている気分」を二十倍くらいに薄めた気分が生じてくる。手元に残った右側の指なし手袋に目を向けると、こちらは気まずそうにしている。左側をあきらめるとしたら、結局は右側もあきらめることになるわけで、そんな運命を予想しているかのようにくしゃくしゃに縮こまっている。責任を辿れば百パーセントわたしの不注意なのだが、いまさら仕方がない。ささやかな喪失感を覚える。しんみりした気分になってくる。

このようにしんみりした気分は、カテゴリーとしては悲しみの領域であろう。が、考えてみれば、あながち悲しいだけのものでもない。微妙に心が浄化されるような、自分の心に純粋な部分が残っていたことに驚かされるような、そんな快さもいくぶん混入しているように思われる。ときには手袋の片方をなくすのも人生には必要なのかもしれない、などと屁理屈をこねてみたくなったりする種類の感覚なのである。

しんみりした気分に伴うやや屈折した快さは、切なさにおいても生じる場合がある。実は、わたしの心には切なさの感情を呼び覚ますスイッチが秘かに埋め込まれていて、たったひとつの単語を思い浮かべるだけでたちまち胸の中は切なさでいっぱいになってしまうのである。いやはやシンプルきわまりない。ではその単語とは何か。――答は、「動物ビスケット」である。

子ども向けの、動物のシルエットを「大雑把に」象った小さなビスケット。値段は安く、美味とは言い難い。いまどきの子どもを夢中にさせてしまうだけのインパクトはないし、むしろ時代遅れのセンスを感じさせる。でも、頭の中にふと「動物ビスケット」という言葉が浮かんだ途端、わたしはもうオートマチックに「切なくなる」。もちろん今こうして文章を書いている瞬間も。

そもそも子ども時代のわたしがしょっちゅう動物ビスケットを食べていたわけではない。機会としては英字ビスケットのほうがずっと多かったし（それでも決して頻度は高くない）、味もそちらのほうがまだ上だったようだ。食べながら英字ビスケットを使ってスペルを綴るなんてこともなかった。アルファベットなんだからアメリカかイギリス製の菓子だろうと勝手に思っていたが、国産だったことが後日判明した。

英字ビスケットについては特に心が反応しないのに、動物ビスケットとなると一挙に切ないモードに切り替わるのはどうしてなのだろう。結局のところ、動物の姿をそのまま囓ったり食べてしまうからなのか。ならば鯛焼きとか「ひよこ」のお菓子で胸が痛んでもよかろう。自分の内面ながら、どうも一貫性に欠ける。

いや実は〈どうぶつ〉というどこかぎくしゃくとした発音そのものに、わたしは反応しがちらしい。自分でも時期は判然としないが、いつの頃からか、〈どうぶつ〉と聞いただけで、大切に守られるべき弱く愛らしい存在といった生暖かい感覚が、はっきりと立ち上がるようになっている。もちろん動物には人間に危害を加えたり、逆に我々を食べてしまうような危険で獰猛な連中もいるだろう。でも、わたしが実際に目にする動物たちの多くは、親や仲間や故郷から引き離され強制的に動物園に連れて来られたり、野良で過酷な生活を強いられたり、家畜やペットとして流通させられている。最初から不本意かつ不条理な立場に置かれ、しかも童話や絵本のキャラクターと勝手に混同させられる。まさに切ない存在そのものだ。

そのような〈どうぶつ〉と、子どもが好きであろうお菓子とを組み合わせ、しかも子どもたちは食べ物で遊ぶのが大好きなことを見越して動物ビスケットが作られたわけである。それをわたしはイージーであるとか商魂云々とは思わない。〈どうぶつ〉とビスケットとをごく自然に結びつけるその心の働きに、わたしはヒトに備わっている優しさを思わずにはいられない。失ってはいけない心の作用がしっかりと発動された証左であるとわたしは実感して、気持が安らぐのである。

空中衝突によって機体に大きな穴の開いたジェット旅客機が墜落しつつ、飛行機の穴から亜成層圏へ無数の動物ビスケットがばらばらと放出されていく光景をついさっき思いついた。子どもも大人も機外に吸い出されて地上へ落下していく。だが、あまりにも動物ビスケットの一片は軽いから、偏西風に乗って半永久的に〈どうぶつ〉は地球の周囲を回り続ける。地上で暮らすわたしたちの頭上遙か上を、猛スピードで〈どうぶつ〉が飛び去っていく。

猫用の、ウェットではなくドライ・タイプの餌（いわゆる、カリカリ）には小指の爪くらいのサイズで、薄く、しかも形がサカナの商品がある。猫は魚が好物なのだろうが、いくらカリカリがサカナの形をしていても、それで猫が喜ぶとは到底思えない。猫は、サカナの形であると認識すらしないだろう。せいぜい飼い主が喜ぶだけで、でもいったいなぜ飼い主が喜ぶことになるのかそのロジックがよく分からない。あえて言うなら、猫に対する（人間の普遍的な）親近感がサカナの形状に託されているといったところだろうか。

このサカナの形をしたカリカリも、眺めているとわたしはいくぶん気持が切なくなる。このような無駄な心遣いを「つい」してしまうヒトの心のありように感動せずにはいられないし、それを決して察することのない猫の超然さにも胸がしめつけられる。

動物ビスケットには、象やライオンや河馬はあっても、猫は含まれていない。猫はあまりにも日常的で、ちっとも珍しくないからだろう。そんなありふれた猫が、漫画みたいなサカナを真剣に齧っている。

深大寺

我が家の猫が死にかけていたのである。ぐったりして水を飲まなくなった。食欲もない。もともとテーブルの下やソファの上で寝てばかりいたが、目を覚ましても意識レベルが少々下がっている印象を伴ってきた。

以前から自己免疫疾患で（猫エイズではない）粘度の高い唾液がやたらと出て、口内炎を繰り返していた。獣医によれば、自分の歯に対するアレルギー状態である可能性が高く、いささか乱暴だが抜歯してしまうと改善するケースが多いという。ステロイドは劇的な効果があるけれど、肝臓への負担が大き過ぎる。妻と何日か話し合った挙げ句に決断し、とうとう全身麻酔で歯を全部抜いてもらった。

手術は一時間以上を要した。かなり大変な手術らしい。術後、一晩獣医のところに泊まり、無事退院するときに獣医が抜いた歯を全部、小さなポリ袋に入れて渡してくれた。猫の歯は根元の形が人間とかなり異なるようで、しかもひとつずつの形状がかなり違う。抜いた歯をポリ袋から机の上にざらざらと振り出してみたら、まるでメソポタミアの楔形文字のようであった。

抜歯後、一時は軽快したが結局は再発した。歯を失うことで器量が変わるのをもっとも恐れたが（歯抜けの美人を想像されたい）、それは杞憂で不細工にはならなかった。猫も歯を失ったことに狼狽したり悲嘆している気配はなく、淡々と歯茎でキャットフード（通称、カリカリ）を噛み砕いている。

そんなハンディはあったが今回の不調はそちらと関係がなかった。腎臓の機能低下である。解剖学的に猫は腎臓が弱点だそうで、栄養管理が行き届いていても寿命は個々の腎臓の強さで決まってくるらしい。年齢は十二歳、我が家の猫はあまり頑丈な腎臓を与えられずに生まれて来たらしい。

連日、ナース（人間相手の）である妻が皮下に輸液を行った。それなりの投薬も行った。すると予想外の生命力を発揮して状態が持ち直した。一時はたぶん今週中に昇天するだろうといった雰囲気であった。わたしも妻も仕事に出掛けるわけだが、どちらかが帰宅したときに猫の死体を発見することになりそうだ。ちょっと腰が引けるわけである。今のうちに火葬について業者を調べておいたほうがいいかもしれない、などと思うものの、そういった行動がなおさら猫の死を早めてしまいそうで躊躇してしまう。

自分がロクでもない人間だと思ったのはこの時期においてであった。次の猫について考えていたからである。いや、次を飼うべきかどうかを考えていた。

昨今の猫は二十歳まで生きたりする。もし次の猫を飼ったとして、猫の寿命とわたしの寿命、どちらが先に尽きるかは微妙なところであろう。わたしのほうが長生きしたとしても、八十を過ぎて猫の死に目に遭うのは荷が重い。こちらが先に死んでしまうのも、何だか寂しい。猫を考えるとそれはわたし自身の死や最晩年を想像しないわけにはいかないので辛い。いっそ核戦争でも起きて、妻も猫もわたしもすべて一緒に一瞬のうちに蒸発してしまったほうが気が楽だと思いたくなる。

今現在、持ち直した猫は以前と同じマイペースでだらだらと暮らしている。でも血液検査をするとやはり腎機能は低下しており、病態の急変がいつ来てもおかしくない。平穏に見えても薄氷を踏む毎日であり、そういった「わだかまり」を紛らわせるべくわたしは仕事をわざと増やして自分を追い込んでいる。

猫の具合がやや持ち直しかけていた時期に、Yさんが亡くなった。まだ五十代だったにもかかわらず、まさに急逝といった形で亡くなってしまった。身も心も、病気だった様子など微塵もなかったのに。

戦友を失った気分だ。彼女は漫画家で、老若男女に広く知られた存在ではなかったけれどもそれなりに少女漫画に詳しい人なら必ず一目置くようなポジションにあった。わたしは基本的に少女漫画の絵柄を好きになれないが、Yさんが描く美男美女の表情には、息を呑むところがあった。彼女自身も美人で、皮膚が薄く骨が華奢なタイプである。指が長い。皮膚が白くて貧血気味なくせに、なぜか頑健だったりする。一見したところはクールで、服はヨーガンレールを好んでいた。夏は食欲がないから心太(ところてん)しか食べないみたいなことを平気で言う。ワインを一本飲み尽くしても崩れない。睡眠時間が短い(ショートスリーパー)。デブを、自制出来ない連中であると軽蔑している。煙草の吸い方がカッコイイ。

この手の美人は歳を取ると皺が目立つ。どこか魔女めいてくる。

彼女は容貌の衰えに無頓着のようであったが(六年ぶり位に顔を合わせたH君が、一瞬ぎょっとした表情を浮かべたのをYさんが見逃した筈がない)、内心ではどうだったのだろう。独身で愛犬と暮らし、下衆なことを申せばレズビアンかと思っていた時期もあったがそうでもない。どうもセックスとは無縁どころか興味が薄い様子で、彼女の美意識に添う男なんて想像がつかない。デヴィッド・ボウイと芥川龍之介が好みだなどと現実離れしたことを言っていたものの、むしろ坂口安吾みたいなオヤジに乱暴に扱われたほうが嬉しがりそうな気配もあった。

故・ナンシー関は、電話でエッセイの依頼を受けると即座に「じゃ、こんな話にしてみますがそれでいいですか」と答えたらしい。わたしは頭の回転の速さにひどく感心してYさんにそのエピソードを話したら、「え、わたしもそうですけど。それって変わっているんですか」と反応されて戸惑った覚えがある。彼女とは同じテーマでわたしは二十枚くらいの文章を、彼女は見開き二頁で漫画を描くといったスタイルで構成した本を二冊作ったことがあったが、そういえば彼女はあっという間に自分の仕事を終えてしまったのだった。打てば響く人、とでも表現すべきなのだろうか。

　どんなに絵もストーリーも素晴らしかろうと、だから今の時代に売れるとは限らない。下手で愚劣なほうが親しみを持たれたりする。彼女が作品を発表する場は、次第に狭まりつつあった。以前は出版社と専属契約を結んでいたけれど、フリーになると苦戦する。メインの発表の舞台であった雑誌が休刊したり、不運も続いた。もちろんYさんは愚痴をこぼしたりはせず、平然とした様子を保っていたのだが。

　映画に関するエッセイも彼女はしばしば書いていた。だが出版界はそうしたものに頁を割く余裕がなくなりつつあった。彼女が、いちばん好きな映画だと教えてくれたのはデブラ・グラニック監督の『ウィンターズ・ボーン *Winter's Bone*』（二〇一〇）で、ミズーリ州南部の山村に住む十七歳の少女が、失踪した父の骨を探し出して（証拠として提出しないと一家離散になってしまう）家族を守る物語である。母は精神を病み弟や妹は幼く、少女はタフに、男勝りに振る舞わねばならない。Ｙさんが共感するのも無理からぬ作品だった。フィンランドの監督アキ・カウリスマキが好きだったのも、あの素っ気なさと優しさ、絶望感と超然さとの配合加減だったのだろう。

平成五年に、わたしは初めての単行本を出した。しばらくするとＹさんが編集者を介して、会いたいと言ってきた。彼女の作品は精神分析的な問題が取り込まれているものが多かったので、こちらの仕事に興味を示したのだろう。その女性編集者が、当方の本の男性編集者と夫婦だったという経緯もある。以来、二十三年に渡り規則正しく月に一回、顔を合わせては飲んで食べて喋る時間を持った。一度も途切れることなく、およそ二百七十回（！）それは繰り返され、最初はわたしと彼女の二人、やがて人が加わり入れ替わりがあり、最終的には男性編集者二名とわたし、それに紅一点のＹさんという四人態勢でささやかな集まりは続いた。場所はイタリアン・レストランや居酒屋などいくつかの店をローテーションし、その間にわたしは四回引っ越しをした。

本の話や映画、演劇の話、猟奇事件だの「取るに足らないけれども面白い話」を語り合ってきた。そうした集まりの最後の回は、わたしの家で行った。亡くなる数週間前で、それに先立つ数ヶ月前に彼女の愛犬が老衰で亡くなっていた。ペット屋で目が合った途端に

「運命だ」と直感して購入したというコーギーである。エッセイ漫画にもしばしば登場していたので、彼女のファンにとってもお馴染みの犬であった。Yさんは決して「猫嫌いの犬派」ではなく、知人が旅行にいくときにはその人の飼い猫を預かったりしていたし、我が家の猫も可愛がってくれた。でも犬と散歩に行くのが何よりも楽しかったらしい。

一時はかなり気落ちしていたYさんだったが、その日は平静を取り戻していた。犬は火葬し、骨壺に入れていたが埋葬についてどうしようかと迷っていた。動物霊園のことも一応は考えていたようである。

わたしの家から車で行けば比較的近い場所に、深大寺の動物霊園がある。妻が非番の日だったので、その日には拙宅へ早めに来てもらい、妻が自動車でYさんを深大寺まで連れて行った（わたしは家にいて他のメンバーの到着に備えていた）。電線がいやに黒っぽく見え、そろそろ日の暮れる頃合いであった。

深大寺から戻ったYさんは、愛犬の埋葬場所としての動物霊園よりも、むしろキッチュで珍奇な場所としてそこを面白がっていた。見るには見たが、そこに埋葬する気は起きなかったらしかった。そのあといつものメンバーが集まり雑談をだらだらと楽しみ、さようならと別れ、それが最後になってしまった。

実は彼女の死因が分からない。病気なのか自殺なのか。もともと血管が脆い人で、ちょっとした打ち身で痣がすぐに生じていた。ある日いきなり脳出血を起こし、半身不随になってペンを握れなくなるような事態を勝手に想像して、そんなときに自分はどんなふうに声を掛ければいいのだろうと心配したことがある。おそらくYさんは車椅子に優雅に座って微笑んでみせるだろうが、半身不随ゆえにその笑みが引き攣れてしまっては洒落にもならない。そんな様子を見ないで済んだのは良かったけれど、永遠に姿を消してしまった。

自殺の可能性については何とも言えない。家族に直接尋ねてみるわけにもいかない。彼女の性格として、いきなり、「もういいや」と些細なきっかけでこの世に見切りをつけることはあり得るだろう。未練もなければ恨みがましさもなく、換気の悪い部屋から出て行くように現実から大股に歩み去ったのではないか。

だから、Yさんの死について惜しいとか寂しいとは思うが、それ以上の感情は湧かない。でも月一回の集まりが終わってしまって、わたしはつまらない。戦友がいつの間にか見当たらなくなり、だが戦闘は終わらない。

ああ、そういえばYがペンネームだとは知っていたけれども、本名を知ったのは彼女が亡くなってからだった。あんな月並みな名前とは思ってもいなかったよ、Yさん。いやあ驚いたなあ、HAHAHAHAHA!

Yさんが亡くなって二ヶ月くらい経ってから、ある晴れたウィークデイの午後に、妻と車で深大寺に行ってみた。わたしには初めての場所である。動物霊園をこの目で確かめてみたかったのだ。もしかすると死について漠然と考え始めていたかもしれない彼女の目に映ったであろう光景を。

調布市にある深大寺は、国分寺崖線に接し、そのため崖線型の湧き水が何ヶ所もある。神代植物公園に隣り合っていて、ちょっとした森の中にある。名物の蕎麦屋や土産物屋がいい具合に俗っぽく並び、こういった場所こそわたしには人間らしさが感じられる。

動物霊園は深大寺墓地の隣で、人間の墓の隣が畜生の墓なのかよと不思議な気にさせられる。木々が茂った奥に広場があり、向こうには動物専用の火葬場が建っている。細い土の道に沿って南無十二支観世音菩薩と白く染め抜いた紫の幟(のぼり)がびっしりと並び、それが微妙に切迫した気持を起こさせる。やがて萬霊塔が青空に向かって突き立っているところに辿り着き、そこでは骨壺を収めた壁が塀のように六角形を成して塔の基部を囲んでいる。萬霊塔についてパンフレットによれば、

昭和三十七年三月二十五日に建立された、ペットちゃんの供養塔です。
古代ラマ塔を近代化した三十三法輪を持つ六角形で、高さは三十メートル、直径二

メートルの鉄筋コンクリート作り、台座中に慈悲観音像を奉る基壇の上に黒御影の祭壇を配し、齋祀供養を行います。

塔頂上の宝珠は須弥山を形容し、塔の三十三層輪は観音大悲願の三十三の広現身を象るとともに、須弥山の中腹即ち天界の住処を表しています。六角堂は大乗教典の六根の偈を説くもので連山と見做します。


と書いてある。なるほど、「ペットちゃん」ねえ。

俗悪というほどのものではなく、キッチュのうちでは上品といったところだろうか。自分の猫の灰をここに納める気にはなれないけれど、そのようなことをする人たちに違和感を抱くほどではない。Yさんも、絶対に愛犬の灰を萬霊塔の下に納めたりはするまい。

この動物霊園に隣り合うようにして、吹き抜けの建物の蕎麦屋が店を開き、席には赤い毛氈(もうせん)が敷かれ、人々がずるずると美味そうに蕎麦を啜っている。死と食欲が陽気に隣接しているわけで、その猥雑さにはむしろ救いがあるように思われた。妻とYさんが訪れた夕刻には、既に蕎麦屋は店仕舞いをしていた筈で、この猥雑さに触れられなかったことは彼女にとって不幸だったかもしれない。

動物霊園と蕎麦屋の組み合わせは、人があふれていれば賑やかそのものだろうが、日が傾いて人影が見当たらなくなったとしたら、どこか日常のエアポケットにでも迷い込んだような現実離れした感覚を与えてきそうだ。しかもそこには、死の気配が拭い去り難く漂っている。

井上靖の短篇に「蘆」という作品がある。昭和三十一年の『群像』四月号に発表されたもので、著者の幼年時代のエピソードが出てくる。

恐らく五、六歳の時のことだと思われるが、私は伊豆半島の突端部の下田附近にある小さい漁村の浜で、祖母のかのと二人で新造船の進水式を見ていたことがある。秋の九月か十月頃であったに違いない。砂浜に足を投げ出して坐っていても暑くも寒くもなかった。私たちの前には巾着型の小さい入江が拡がっており、その入江のまん中に十馬力程の発動機船が旗をいっぱいくっつけて浮かんでいた。私は後年同じような小さい漁船の進水式を海水浴に行った若狭の漁村で見たことがあるが、旗は白、赤、紫、桃色、黄の五色の縦縞で、艫(とも)と舳(へさき)に立てられた二本の竹にも、そしてまたその竹と竹との間に張られた綱にもぎっしりとつけられてあった。私が祖母と見た発動機船の進水式の場合も同じようなものであったろうと思われる。

私はともかく祖母と二人で、やたらに旗で飾り立てられた小さい船を見ていた。船には大勢の人が乗り込んでいたが、酒盛りでも終った後か、あるいは騒ぎ疲れて休憩でもしているのか、その満艦飾の発動機船は妙にひそやかな感じで入江のまん中にただぽっかりと浮かんでいた。

それだけのことなのであるが、もう少し後の箇所でこんなふうに書き記されている。

しかし、私の記憶の中の祖母は、決して淋しそうでも、悲しそうでもない。ただ、説明できない空虚さを身に着けて浜に坐って海の方を向いている。老齢が人間を連れて行く場所は、淋しさでも、悲しさでもなく、それは満艦飾の発動機船がひっそりと浮かんでいる入江ででもあるといった風に、そんな顔付きで、いまも祖母は私の記憶の中に坐っている。

夕刻の深大寺は、妙にひそやかに浮かんでいる満艦飾の発動機船のようであったろうとわたしは想像したくなるのである。そんな場所をYさんは訪れたのだった。

子どもの頃に、杉並区にある寺の境内で顔の汚れた小母さんが傷だらけの小さな机を据え、口紅くらいのサイズの筒を売っていた。彼女が言うには、この筒を覗くと仏様が見える。毎年、自分の誕生日に自分の干支の方角に向かってこの筒を覗けば無病息災であるといった意味のことを語る。わたしは、ちょっとその筒を覗かしてくれと頼んでみた。すると彼女は、いや買わなければ見せられないという。何だかインチキの品を摑ませられそうでわたしは欲しいとも思わなかったが、その小母さんが薄い雲の浮かぶ空に向けて筒を覗いてみせる様子には、さながら悠久なものと交感しているかのような「大いなる気分」が伴っていたのだった。

もしかするとこの顔の汚れた小母さんは少し知能に問題がある人かと思われたが、それがなおさら筒の中の視界に俗世間を超えたものを観ているように感じさせたものである。

動物霊園と蕎麦屋との間に立ちながら、あの筒が今ここにあってそれを萬霊塔のてっぺんあたりに向けて覗いたら、きっとYさんの横顔が見えそうな気がしたのであった。動物ではない彼女が、そんなところにいる筈もないのに。

それにしても自分の家の比較的近くにこんな場所があるかと思うと、しみじみと嬉しくなってくる。

足の甲

ときおり、我が家の猫は通りすがりにわたしの足の甲を「わざわざ」踏んづけて歩き去る。当方が裸足だと、甲の上に脚を四本とも乗せ、さながら山の頂上に佇むみたいに静止したまま悠々と周囲を見回している。いったい何を考えているのか。

肉球の軟らかくてちょっとねっとりした感触が、足の甲という意外な部分から伝わってくるのは相当に奇妙な体験だ。ましてやこちらが裸足のときだと、変に生々しい気分にさせられる。

「所詮お前は猫様の世話係なんだから、自分の立場をよーく弁えておけよ」

そんなふうに宣言されているような気がしないでもない。まあその通りなので異存はない。だが、いちいちわたしの足の甲にそうやって「釘を刺」さなくとも良いだろうに。いつだってこちらは猫様の僕(しもべ)ではないか。

わたしは慢性的に現実感が希薄というか離人症気味なところがある。だから目の前で交通事故が起きても、映画を観ているような気しかしない。かつて米国で9・11同時多発テロがあったとき、たまたま妻と北海道に来ていた。交配のみによって大型犬サイズの馬（もちろん大人の馬である）を作り出している人に、個人的興味からインタビューをするためである。昼間にインタビューを終え、レンタカーであちこち走り回ってからホテルにチェックインした。

夜中に、いきなり妻に揺り起こされた。暗がりの中でテレビ画面には、最初の飛行機が世界貿易センタービルに激突炎上した光景が映し出されている。しばらく眺めていたら、もう一機突っ込んだ。大惨事である。妻は興奮しているが、わたしは「ふうん」とだけ言ってまた寝入ってしまった。朝まで目を覚まさなかった。あとでいろいろな人に訊くと、どうやらこんな反応を示した人間はいなかったらしい。下手をするとサイコパスだと詰られそうだ。

というわけで甚だ現実感に乏しい当方なのだけれど、猫が足の甲を踏んだ瞬間は、多少の誇張を交えて申せば、モノクロの映画がいきなりカラーに切り替わったかのような「ときめき」に全身が押し包まれる。それほどに嬉しいのはともかく、どうも精神的にはバランスがよろしくないようだ。

足の甲には太衝（たいしょう）というツボがあるらしい。どんなツボかについては、調べてみても意見が統一されていない。シミや雀斑（そばかす）を防ぐとか、生殖器系の病気に効果的と説く人がいる。他方、このツボは肝臓につながりがあり、「気」の流れを改善したり二日酔いに効くと主張する人もいる。さらには頭痛や不眠、心の悩みを退散させると説明する人もいる。猫が足の甲を踏むと、それが指圧療法として作用し精神の不調に効果を発揮してくれるのかもしれないと一瞬考えたが、たぶん猫の体重ではツボ押しには無効ではないかと思われる。

M病院に勤務していた頃、男性看護師でバイク好きな人がいた。大排気量のバイクを乗り回しているらしい。ある日、交差点でバイクに跨ったまま片足を道路に着けて信号が青になるのを待っていたら、脇の大型トラックが、ブーツを履いた彼の足の甲をタイヤ（ダブルタイヤの外側）で踏んづけたという。いや、轢いた、というべきか。驚きはしたが、あまり痛くはなかった。そんなことを翌日に語った。普通に仕事をしていたが、次第に痛みが出てきたらしい。レントゲンを撮ってもらったらしっかりと骨折をしていたそうで、かなりのタイムラグを経て足が腫れてきた。結局、ギプスを装着する羽目になっていた。大型トラックのタイヤで足を踏まれても、その瞬間には大声を上げるような事態にはならないことを知ったわけで、こういうのをリアルな話というのだなあと感心せずにはいられなかった。

彼にはいろいろ器用なところがあり、料理にも才能があった。外で美味いものを食べると、あとでその味を再現してみるのが趣味だと教えられた。つまり味をきちんと記憶し、さらにこの味はどんな材料や調理法で作り出せるかを解析する能力を持っているということだ。大変な才能ではないか。彼によれば、吉野家の牛丼は予想以上に再現が難しいらしい。べつに再現する必要もなさそうだが、それなりに複雑な工程や「謎の隠し味」があるらしい。

牛丼の件はともかくとして、猫に足の甲を踏まれる者もいれば、大型トラックのタイヤに踏まれる人もいる。そしてわざわざマッサージ師に足の甲を強く押してもらう人もいるわけで、離人症のわたしもこういったある種の多様性（？）には心なしか面白さを感じるのである。

迂遠な話

回りくどい話をしてみたい。

ロボット工学で「不気味の谷」というものがある。人間の形をしたロボットを作ると、まだ動きがぎこちなかったり外見も玩具めいているうちは、むしろ可愛さや面白さが感じられる。微笑ましかったりする。しかしどんどん精巧になり、外見や動きがあまりにも「人間そっくり」になってくると、いきなり気味の悪さや嫌悪感が生じる。が、さらに人間への類似が高まると、その薄気味悪さは解消される。というわけで、「そっくり」の度合いが高まっていく途中で我々が感じる不気味さを「不気味の谷」と称する。

つまり類似度が上昇していく過程で、ある種の生々しさがいきなり立ち上がるということであり、そっくりではあるけれども完璧ではない――そのように脆弱性を含んだ類似イメージに生々しさは宿りがちなのだろう。

わたしが銀座のイエナ書店（今は、もうない）でダイアン・アーバスの写真集を購入したのは四十年くらい前で、たぶん彼女が自殺をして間もなくの頃であった。写真家の名前すら知らなかったが、表紙のモノクロ写真はあの有名な双子の幼女が並んでいる写真〈ニュージャージー州ローゼルの一卵性双生児、一九六七〉で、それを見ただけで衝撃を受けた。今やネットでも閲覧出来る写真だけれど、あらためて眺めてみても、おそらく「不気味の谷」に近い、何か根源的な気味の悪さを覚える。たとえば神様が迂闊にも手元を狂わせて二重露出をしてしまったような、その失敗を通じて存在の秘密を垣間見せられてしまったかのような不穏な「いかがわしさ」が感じ取れてしまうのである。

現実に双子を目にしたことは何度もあるが、「へえ、双子なんだ」「やっぱり似ているなあ」と思う程度で、存在の根源にまつわるショックなんて感じたことは一度もない。おそらくローゼルの一卵性双生児も会ってみればごく当たり前の娘たちで、それを根源的な気味の悪さを覚えさせる被写体に変えてしまったところにアーバスの力が関与していたのだろう。そしてそのような力を持った人物が、いわば自家中毒を起こして自殺に走ってしまったということなのかもしれない。

実は、そっくりな姿を前にして根源的な不気味さにやや近接した感情に囚われたことが一度だけある。ただしそれはヒトではなかった。

神楽坂に住んでいた時分に、ときおり妻と出掛ける焼き肉屋があった。そこの娘が女子プロレスの現役レスラーで、彼女の写真やポスター、色紙などが店内に沢山貼ってある。さらに、巡業の途中で買ったのかファンからの贈り物なのか、土産物の置物や縁起物や人形の類がやたらと飾ってある。カラフルな店構えも含めて、なかなかキッチュな焼き肉屋なのであった。

ある日、店の奥から猫が出てきた。飲食店に猫というと衛生上首を傾げたくなる場合もあるけれど、その猫は堂々と店内を横切り、たまたま開いていたドアをくぐって外へ遊びに行ってしまった。まあ、人間と変わらない。

で、その猫が、我が家の猫とびっくりするほど似ていたのである。わたしたち夫婦は「あれ、どうして〈なると〉がここに?」と一瞬顔を見合わせたほどである。目を凝らしても、相違点がなにひとつ見つからない。「そっくりな人」よりは「そっくりな猫」のほうがたぶんレア度は低い筈だが、そうした事実を差し引いても「そっくり度」が限界を超えている。3Dコピーによる寸分違わぬニセモノ、といった感じよりは「分身」と呼んだほうが適切と思える生々しい類似であった。あのときは、まさに気味の悪さ(アーバス現象とでも名付けるべきだろうか)寸前の気分になったのであった。念のために店の人に猫のことを尋ねてみたが、やはり我が家の猫とは何の接点もなかった。強烈な類似は偶然に過ぎなかった。

　やがて当方は武蔵野市に引っ越し、今年の三月五日、晴れた日曜の朝に〈なると〉は腎不全で亡くなってしまった。享年十二。それはそれで仕方がない。後日、ふと、神楽坂の焼き肉屋の猫を思い出した。それをわざわざ見に行って亡き猫を偲ぼうなんて趣味はわたしにはない。そうではなくて、おそらく日本中にはびっくりするくらいに沢山〈なると〉そっくりの猫がいるだろうなと考えたのである。神楽坂の猫だけが唯一のそっくりさんではあるまい。きっと、いくらでもいる。いずれの猫も、寿命がくれば亡くなっていく。でも後から後から次々に、日本全国で「そっくりな猫」は生まれてくるに違いない。なるほど外見は瓜二つでも、性格は違うかもしれない。が、おそらく性格が「そっくりな猫」もまた全国には呆れるくらい数多くいるに違いないのである。

　そのように全国単位（もしかすると地球単位？）で考えれば、外見だの性格だの仕草だの癖だの、そういった要素は分割されるかもしれないものの、脈々とどこかで〈なると〉は受け継がれているだろう。〈なると〉は日本中に遍在し続けることになる。ダイアン・アーバスの双子の写真は存在についての根源的な不気味さを提示してみせたわけだが、そっくりな猫のほうは、それとは逆に存在の「おおらかさ」を示唆してくれているのではないだろうか。

❖

明るい春の日差しが降り注ぐ広場に、我が家の猫にそっくりな猫たちが数十匹、のんびりと昼寝をしたり毛繕いをしたり「じゃれ合って」いる。どの猫も瓜二つの姿で寛ぎ、それらはむしろ子ども部屋の壁紙――その壁紙に刷り込まれた絵模様の果てしない反復みたいに感じられる。

そんな光景を想像しているうちに、わたしの気持は次第にほぐれてくるのだった。

（平成二十九年三月十八日、記）

猫の飼い方だとか習性だのを解説した本、あるいは猫系の雑誌に目を通すことは滅多にない。妻に訊けばやたらと詳しく教えてくれるので、すっかり無精を決め込んでいるのである。飼い主としては、情熱においても知識においてもかなりレベルの低い部類なのだと思う、わたしは。

先日たまたまネットを覗いていたら、猫の愛情表現について述べてあった。生きていた頃の〈なると〉君は、こちらがソファで横になっていると人の顔を尻尾でワイパーみたいに規則正しく擦ったり、頭をぐりぐり押しつけてきたり、肥満気味の当方の腹を左右の前足で交互に「踏み踏み」したりした。机で原稿を書いていると肩に登ってきてモニターを眺めて小馬鹿にした表情を浮かべ、キーボードを踏んづけて滅茶苦茶な文字列を打ち出したりもする。これらの行為は、わたしに親しみや好意をもっているからこそであろうと信じていた。まさにこういうのが心の交流ってもんだよなあ、と幸せな気分に包まれてきたわけだ。

ところがネットによれば、猫が人間のほうを見ながらゆっくりと瞬きするのが愛情と満足の「しるし」なのだという。しかも断トツにポイントの高い表現動作らしい。お前のこと、好きだよと明言してくれているのと同じらしいのだ。

ここでわたしは焦ったのである。猫が生きていた十二年間、ゆっくりとこちらへ瞬きをしてもらった記憶がないのだ。「こめかみ」に力を込めつついろいろな場面を想起し、YouTubeみたいに繰り返し映像を脳内で再生してみても、瞬きなんて見た憶えがない。一度もない。がっかりである。

妻に向かって、猫君は君へスローモーションで瞬きをしていたことがあるかと尋ねてみたら、クイズ番組を見ながら「当然じゃないの」と面倒そうに答える。しかもちょっと勝ち誇ったような口調で。もちろん瞬きの意味を彼女はしっかりと理解している。

オレには瞬きなんかしてくれなかったぞ、と言うと、「それはあなたが注意散漫なだけだったからでしょ。猫と一緒にいて、いったい何を見ていたのよ。おかしいわよ、それって」などと呆れ声を出す。いや、呆れるのではなくて今のオレには同情が必要なんだけど、と言いたくなった。

まあ確かにわたしは目の前のものがまったく見えていなかったり気が付かない場合が、

ときおりある。網膜には映っている筈なのに認識しない。視野欠損でもあるのかと心配して眼科で検査を受けたこともあるが、べつに問題はなかった。脳の機能に微妙なバグがあるとしか考えられない。自動車の運転免許を所持していないのも、そのように情報認識に難のある自分を信頼していないからだ。

だからわたしが猫の瞬きに気付かなかった可能性はあるだろう。だが一緒に十二年暮らしてきて、猫からのサインを完全に見落とすなんて信じられない。いや最初から、猫の瞬きがどうしたなんて想像する気がなかったのだろう。ウインクならともかく、目をつぶったり開いたりなんて、そこに意味があると信じるほうがかえって深読みではないか？　猫なんて、どこでもすぐに目を閉じて寝てしまう変な動物なのだから。

少なくともあの猫君がオレを嫌っていた筈はないよなあ、などといじらしいことを思いながら、すっかり寂しい気分になってしまった。もしも猫がわたしに好意のサインを送ってくれていたなら、それをスルーしてしまったのは罪が深い。まことに申し訳ない。今さら謝るわけにもいかないし、いたたまれない気分だ。椅子に座ったまま何だか身の置きどころがなくなり、身悶えするように背中を後ろに反らせ、天井を見上げながら猫の真似をしてゆっくりと瞬きをしてみた。顔を上に向けると自然に口が開いてしまうものらしく、そのせいだろうか、目薬を点眼しているような気分になった。

いろいろな出版社の編集者と会う機会が少なくない。一時期、彼らに採用試験でどんな問題を出されたかと尋ねていた。ただの好奇心に過ぎず、自分だったらその試験をクリア出来たろうかと勝手に想像するのが面白かったのだ。

試験問題を作る側だったという人がいた。ある大手の出版社である。彼の作成した問題というのが、《天国の○○への手紙》というものだった。○○の部分に物故した著名人の名前を（自由に）入れて作文を完成させろという課題だったそうである。たとえば星新一の名前を入れて「星先生、今や日本人は誰もが個性を失い、全員がエヌ氏になってしまいました」などといった調子で文章を綴ってみせるわけである。

なるほど頓智の有無や企画力、アピールの能力などが透けて見えてきそうだ。さすがに試験問題そのものが良く出来ているなあと感心したものだった。もしも今のわたしが受験生だったら、気持の整理がつかないまま、うっかり○○の部分に猫の名前を入れてしまうかもしれない。ちっとも著名人じゃないのにね。その結果、間違いなく落とされるだろう。公私混同しがちな駄目受験生、という理由で。

風の強い日には、おしなべて微熱で頭が少しぼおっとしているような気分になる。空には沢山の千切れ雲が浮かび、それらがかなりのスピードで移動していく。その結果、頻繁に太陽が雲に遮られたりまた顔を出したりと目まぐるしい。頭上では青空が垣間見えているにもかかわらず、地面を眺めていると急に日が明るく射したり、しばらくするといきなり日が陰り、黒かった影はたちまち灰色に薄れたり、そんな明暗の繰り返しがつづく。向こうでは帽子を風に飛ばされた人が慌ててその帽子を追いかけている。店舗の「のれん」や幟、ビニールシートや旗が、捲れ上がったり踊るように「はためいて」いる。

風の強い日には、熱にうなされかけているような気配に囚われる。軽い動悸がして、しかも風圧でよろけそうだ。空を次々に横切っていく雲の断片のせいで、下を向いてうなだれているわたしは何だか青空が瞬きをしているかのような錯覚に陥っている。

四コマ漫画／宇宙人来襲

①道をとぼとぼ歩いている野良猫。情けない表情。
野良猫「お腹が空いたニャー」

②頭上に空飛ぶ円盤が出現。驚きながらそれを見上げる猫。
野良猫「あ、空飛ぶ円盤！」

③猫の目の前に着陸した空飛ぶ円盤。中から宇宙人が出てくる。その姿は、フルフェイスのヘルメットを被った未来的な宇宙服である。驚愕のあまり、口を大きく開けたままの野良猫。

④ヘルメットを脱いだ宇宙人が、餌（のような得体の知れない物体）を差し出す。宇宙人

の顔は猫そのもので（表情は超然としている）、なるほどヘルメットの上部には猫耳のような出っ張りがあるではないか。感激して涙ぐんでいる野良猫。

野良猫「宇宙人の正体は、猫だったんだニャ！」

（おわり）

日記

土曜日の夕刻。妻とスーパーで買い物をして、食材の入った袋をぶら下げ、のんびりと家に向かって歩いていた。数ヶ月前には、この道でＮＨＫのお天気キャスター（女性）とすれ違った。たぶん「本物」である。

真っ直ぐな道のかなり向こうに、犬を連れた人がいる。老婦人がコーギーを連れて散歩をしているようだ。シルエットから、コーギーだとすぐに分かる。でも、少し違和感があった。どこかちょっとおかしい。妻に意見を聞くと、「そういえば……」と言いながら首を傾げている。

しばらくして、わたしも妻も同時に理解した——何が変であったのかを。コーギーに尻尾があったのだ。ふさふさして、結構長い尻尾だ。

コーギーは生後間もなく尾を切断される。尻尾があると正式にコーギーとは認定されないそうで、そもそも牧畜犬であったコーギーは牛に尻尾を踏まれないように尾を切られたというが、ペットならそんな事情は関係あるまい。飼い主がブリーダーに切らないでくれと所望したのか、あるいは何か事情があるのか。

もし尻尾のないコーギーが尻尾のあるコーギーを目にしたら羨むのか、それとも不審そうな顔つきをするのか。見当もつかない。が、いずれにせよ、珍しいものを目撃したのは事実である。このときわたしが何を考えたかというと日記なのであった。

わたしは今までに一ヶ月以上継続して日記をつけたことがなく、それはつい他人が読むことを想定して面白い話を書こうとするからである。結局、毎日毎日コラムないしはエッセイを書く始末となり、そうなると苦痛になる。題材だって尽きてしまう。夕食のメニューとか、どこそこへ講演に出掛けたとか、そんな無味乾燥な記載のほうがむしろ何年か経ってから読み返す場合には価値がある筈なのだが、なかなかそのようには割り切れない。

そこで尻尾のあるコーギーの件である。これを目撃したといったエピソードは、いかにも「日記向け」の出来事であるように思えるのだ。お天気キャスターと道ですれ違った、といった出来事と同様に。数行で記述出来るし、それなりに印象深い。書き残すに足る内容でありそうに思える。毎日こういったささやかなエピソードに巡り合えるならば、日記を書くのに吝（やぶさ）かではない。けれども、実際にはそう上手くはいかない。

いささか大げさに述べるならば、わたしが思うところの「理想的な日記」——それに相応しいだけの材料を日々提供してくれるような世界こそが、当方にとっての（ほぼ）理想的な世界なのである。そこにわたしは暮らしたい。それは今生きている世界と一見したところはほとんど変わらない。ただし、ほんの少しだけ話のタネが豊富な世界なのだ。とはいうもののその「ほんの少し」は、決定的に大きな違いだろう。

❖

猫は尻尾を摑まれるのが嫌だという。いや、どんな動物だって自分の尻尾を摑まれるのは嫌だろう。当然のことだ。

でもわたしは、我が家の飼い猫の尻尾をむんずと摑むのが好きだった。強く引っ張ったりはしなかったが、猫にとっては決して快いものではあるまい。ところが我が家の猫は怒らない。尻尾を摑まれても、平然とそのまま歩いていく。意に介さない。艶々した毛に覆われた尻尾は、猫が歩くにしたがって、わたしが握った手の中をするすると滑っていく。二秒後には、わたしの右手は空（くう）を摑んでおり、猫はそのまま歩き去って、向こうの窓際で超然と寛いでいる。当方は自分の掌を広げ、尻尾が拳の中から抜け去っていった感触を思い起こしている。何となく騙されたみたいな気分だ。

この騙されたような不思議な気分が大好きだったことに、猫を失ってから気が付いたのだった。握り締めていた拳を開くと、そこには何もない。空っぽ。尻尾を摑んでいた筈なのに、それは消え失せている。まさに綺麗さっぱり消え失せている。

そして猫そのものも、ある日わたしの生活から綺麗さっぱり消え失せてしまった。悲しみよりも、やはり騙されたような気分だ。猫の形をした空白が、家の中に残っている。

こういった気持を詳しく書き記すには、日記ではスペースが少な過ぎる。

やはりわたしには、日記をつけるのは向いていないようだ。

猫、写真史、腹話術人形

妻とわたしとでは、猫に対する姿勢ないしは愛情の示し方がかなり違う。いや、まるで異なる。妻はペットショップでいろいろとオモチャを買ってきて、それこそ真剣に猫と遊ぼうとする。オモチャがなくても、積極的に向きあおうとする。精神的な距離をかなり近くに設定しているようなのだ。

いっぽうわたしは、基本的に同じ屋根の下にいればそれで気が済む。むしろある程度の距離を置きたい。ときおり執筆の邪魔をしに来たり、いきなり飛びついてきたり、猫パンチを気まぐれに繰り出してくれればもう十分だ。あとは、漠然とした信頼関係が成立しているという思い込みを味わえればいい。それ以上は（お互いに）面倒だと考えている。

もしわたしたち夫婦に子どもがいたら、接し方の差異が猫の場合と同じように出ただろう。躾けや教育方針といった案件になると、その差異を巡ってお互いの態度を詰り合うような場面も出来したかもしれない。しかし猫ならば、そんなややこしい対立なんか出現しない。わがままに育っても、それが余計に可愛い。態度のデカい猫のほうが、なおさら、一緒に暮らす充実感を覚えるほどだ。

写真を撮るときでも、妻のほうが圧倒的に熱量の高い作品を撮る。カメラを構えてしっかりと猫に近寄り、「素敵な瞬間を逃すものか！」という気迫でシャッターを押す。だから良い写真になる。愛情が伝わってくる。わたしのほうはむしろ鍵穴から覗き見をしているような、気取っているつもりが結果的には「いかがわしげ」な写真になってしまう。人間性が滲み出ているということだろうか。

だから、もはやわたしは猫は撮らない。妻には敵わないから。

まあそれはそれとして、ちょっと思いついたことがある。

世界最初の写真は、フランスの発明家ニエプスが一八二六年に自分の研究室の窓から撮影した〈ル・グラの窓からの眺め〉とされている。心霊写真なみの曖昧な画像で、露光に八時間を要したと伝えられている。以後、ダゲレオタイプとか湿板写真、乾板写真といった具合にカメラは着々と発達を遂げ、それに伴い露出時間も短くなった。一九〇〇年にはコダックから大衆向けのカメラ「ブローニー」が一ドルで発売され、やっと露出時間は実用的なものになった。ちなみに坂本龍馬が長崎で被写体になった有名な立像写真は一八六六年の作品で、露光時間は二十秒であった。

露光に何分、何十秒と要した頃の写真は、そのほとんどが神妙な顔をした紳士淑女のポートレイトであった（神妙な表情でなければ、長時間それを保持するのが難しかったからである）。あるいは遺影。わざわざ風景や静物を撮ることにはまだ価値が見出されていなかったし、ましてや動物など論外であった。それに大概の動物は露光のあいだじっとしていられず、ピンぼけ写真になってしまったからだろう。

そこで素朴な疑問が湧く。世界最初の猫の写真は、誰が写したどのようなものか？　まあどうでも構わない話ではあるが、仮にこれが写真に撮られた史上初の猫だよと教えられたら、わたしたちは目を向けてみずにはいられまい。

坂本龍馬の姿が写された時点では、まだ無理だろう。当時のものものしい撮影現場で、猫が二十秒もじっとしていられるわけがない。眠っていたとしても、気配を察知してたちまち逃げてしまう筈だ。一八七一年にリチャード・リーチ・マドックスが乾板を発明し、このあたりから露光時間がかなり短くなってカメラにシャッターが備えられるようになったらしい。そうなると、一八七〇年代に最初の猫写真が登場した可能性が高いのではないか。

いや実際にその通りなのである。一八七八年に英国出身の写真家エドワード・マイブリッジが疾走する馬の連続写真を撮影した。これは画期的な成果で、馬の瞬間的な動きを明確にしたばかりではなく、驚異的なシャッター・スピードを実現させたからである。千分の一秒で写真は馬の姿を捉えた。もっともその実現のためには、大掛かりなメカニズムと高価な器材が必要だった。もはや仰々しい科学実験に近い。

マイブリッジは馬の撮影の成功に気を良くして、今度は人間の肉体の動きを連続撮影し、さらには象、虎、犬などの動物も被写体に選び、そうした中には(案の定というべきか、予想外というべきか)猫も含まれていた。なるほど千分の一秒のシャッター速度ならば猫の動きも画像に定着出来よう。猫はいい迷惑であったろうが。そうなると、マイブリッジこそが世界最初の猫の写真を撮影した可能性が出てくる。しかもかなりの高確率で。

ただし確定は出来ない。残念なことに、猫の名前も分からない。だからこちらで勝手に想像を膨らませてみる余地は、まだ残されている。

◇

ここでちょっと猫の話から遠ざかる。

かつてTBSテレビで『ミステリー・ゾーン』という三十分枠の番組が放映されていた。まだテレビは全国的にカラー放送を行っておらず、我が家のテレビ受像器もモノクロだった時代である。
この『ミステリー・ゾーン』は一話完結式の米国産ドラマで、ＳＦや怪奇もの、超常現象や奇妙な味など雑多な物語を短篇小説雑誌のように提供していた。冒頭に、電子音のような妖しげな音楽とともにお決まりのナレーションが入り――

これは別世界への旅です。目や耳や心だけの世界ではなく、想像を絶した素晴らしい別世界への旅。あなたは今、ミステリー・ゾーンに入ろうとしているのです。

素晴らしい別世界への旅などと脳天気に謳っているが、それは罠である。驚きの余りに愕然としたり、恐怖で身を強張らせたり、むしろショッキングな世界へと誘われていた印象が強い。昨今ではありふれたオチとか、ありがちな奇想がまったくの初体験としてブラウン管の向こうから迫ってきたのだから、これは動揺せずにはいられない。
わたしが中学生であった昭和三十九年二月二十二日木曜日の夜八時からは、「生きている人形」というエピソードが放映された。腹話術の人形であるウィリーが次第に意思を持ち始め、アルコール依存症の腹話術師ジェリー・アジスンに反抗するようになる。ウィリーは舞台で勝手放題に喋り、観客は爆笑するがジェリーはその暴走ぶりに慌てさせられるケースが重なる。人形が主導権を奪おうとしているのだ。

徐々に腹話術師は精神的に追い詰められ、マネージャーに相談するがアルコールのせいだろうと取り合ってもらえない。遂に相棒の人形を変更しようとするが、ウィリーがそんな振る舞いに甘んじるわけがない。もはやウィリーは腹話術師を許さない。

最後の場面は、司会者の紹介で華々しく舞台へ登場するジェリー&ウィリーのコンビである。以前と同じようなシルエットだ。ところが、いつの間にか途方もないことが起きていた。スポットライトが当てられると、腹話術師の顔があのグロテスクな笑顔を浮かべた人形のウィリーに、ちょこんと彼の膝に腰を下ろしている人形のほうが悩める腹話術師ジェリーの顔にと、両者の顔が入れ替わっていたのである。

これはわたしにとって衝撃そのものであった。それどころか、きわめて後味の悪い衝撃だった。人形は腹話術師に比べて小さく作られている。小さいからこそウィリーの狡そうで不気味な笑顔も看過出来た。だがそれが人間サイズに拡大されて平然と腹話術師の頭部になりおおせている。あの、いかにも作りもの然とした顔はどうだ。目玉を動かすために異様に大きく見開かれた眼裂、モノクロ画面であっても唇が真っ赤なのは容易に見当がつく。口を開閉させるために口角から顎まで二本の溝が刻まれ、口の中にはしっかり歯がある。その歯が、リアルというよりも残忍さや獰猛さを感じさせる。そんな顔が人間の肉体の一部として明るいライトを浴びている。しかも観客はそれを恐ろしがらず、むしろユーモラスと見なしている。いっぽうちっぽけな人形のほうには、生々しくもジェリーの顔が縮小されて腹話術人形の頭部と化している。もはや力関係のみならず、存在そのものが両者で逆転している！

誇張抜きで、わたしはその日の晩はうなされた。いわゆるトラウマ作品となったのであった。

そんな「生きている人形」のＤＶＤをやっと手に入れたので、先日、あらためて鑑賞する機会を得た。もう一度、あの衝撃を味わってみたかった。ディテールを確かめてみたかったし、自分の記憶力を試してみたくもあった。

結果はどうであったか？

まったくの失望だった。

ストーリーはほぼ記憶通りであった。けれども最後の場面、腹話術師の顔と人形の顔とが入れ替わっている場面が、全身から力が抜けてしまうほどチープなのだ。

撮影に際して、腹話術師役の俳優にはウィリーの顔のメイクを施し、人形はジェリーの顔を精巧に模したものを用意しなければならない。それこそ裏方がテクニックの粋を凝らして仕上げるべき仕事だ。そこがちっとも巧みに処理されていないのである。当時、中学生のわたしはかなりの脳内補正をしてこの「オチ」を受け止めていたようだ。アイディアはよろしいけれど、もっと入念な、いや偏執的なほどの情熱でスタッフが作り上げねばならないシーンが、かなりいい加減な仕事ぶりであったことにわたしは心底がっかりした。まさに裏切られた気分であった。いっそ自分でリメイクしてみようかなどと思うくらいに、拍子抜けしてしまったのだった。これがオレにとってのトラウマ作品であったとは。

まあこうした記憶にまつわるガッカリ感は、ありがちな話ではあるのだが。

大して出来の良くない作品であったことが判明してしまったけれど、やはり「生きている人形」はわたしに影響を及ぼしたようである。二年前、オークションに腹話術の人形が出品されていることをたまたま知り、妙なプランを立ててしまった。ちょうど近々引っ越しをする予定だったのだが、新居はリノベーションを徹底的に行い、壁の一部は古いレンガ積みにした。この壁の前に腹話術人形を置いて、悪趣味なポートレイトを撮ってみようと画策したのである。三脚を立ててカメラを固定し、くっきりとしたピントで、モノクロの写真にするつもりだった。実はわたしは昔、ニューヨークの古道具屋でおそらく劇場のロビーに貼り出すためのものと思われる写真を手に入れたことがあり、それは腹話術師と人形とのピンナップであった。その古いモノクローム写真とペアにするべく、人形の写真を撮ろうと考えたのである。

腹話術人形は一万円少々で落札した。これはシカゴ生まれの腹話術師エドガー・バーゲン（一九〇三〜一九七八）の相棒であった人形チャーリー・マッカーシーのレプリカで、オリジナルの人形は本国で大変な人気を博したらしい。戦前には自らのラジオ・ショーを持ち、雑誌『タイム』の表紙を飾り、主演の映画も作られたし記念切手まで発行されている。腹話術人形のステレオタイプとして〈生意気な「へらず口」を叩く不気味な顔の人形〉というイメージを定着させたのは、このチャーリー・マッカーシー人形である。

ところでここに困ったことが生じた。わたしの妻は古い人形を異常に嫌う。恐いらしいのである。古着とか、そういったものも祟られそうで忌避したいらしい。そうなると、家に中古の腹話術人形なんか持ち込んだら大騒ぎになってしまう。わたしとしても撮影を終えたらさっさと転売するか始末したいところだが、妻ほどの嫌悪感は抱いていない。タイミング良く、妻のいないあいだに撮影を済ませる必要がある。が、そのタイミングが上手く図れなかった。そしてこちらも忙しくて時期を逸してしまい、写真を撮る意欲がなくなってしまったのである。

そんな次第で、こうして原稿を書いている今現在も、腹話術人形は箱に入ったままわたしの寝室（我が家は生活時間帯が異なることから夫婦の寝室を別々にしてある）に隠してある。いや、落札して荷を受け取ったものの、開封したらその時点で妻に見つかりそうな気がして、まだ箱を開けてすらいない。そうこうしているうちに、自分でも気味が悪くなってきたのだ。おぞましい秘密を抱えている疚しさでいささか困っているが、半端な状態のまま億劫感に支配されて日々が過ぎている。人形も箱の中に押し込められているうちに段々わたしに腹を立て、秘かに呪いを掛けてきているのではないか。そんな妄想すら生じてしまう。

二年前は撮影の合間に贋チャーリー・マッカーシーを我が家の猫に見せ、ついでに人形の口をぱくぱく動かしたらさぞ驚くだろう、なんて楽しみにしていたがその猫も既に亡くなってしまった。早く腰を上げねばまずいのに、何もしない言い訳を書くほうが先行しているとは情けない。

※『ミステリー・ゾーン』のデータに関しては、山本弘著・尾之上浩司監修『世にも不思議な怪奇ドラマの世界』(洋泉社、二〇一七)を参照した。

世界の肌触り

気分が追い詰められたり空虚感に苛(さいな)まれたりすると、モノを買って気を紛らわせようとする人たちがいる。買い物依存症予備軍といったところだろうか。あれは結局のところ、心の隙間をモノで埋めようとしているのだ、などと得意げに説明する人がいるが、果たして本当だろうか。

わたしも気持が沈んでくると、つい無駄なモノやガラクタの類を買ってしまう。ただし大概は通販である。買い物依存症でしかも高価な衣服や装飾品を買いまくる人たちの中には、ちやほやと接客してもらうことにある種の救いを感じるタイプがいるようだが、ネットで買うタイプはもっと違うことを期待している。

少なくとも当方においては、迷信ないしは魔術的な心性が絡んでいる。どうでもよさそうな品物（ボディが限定色のペンとか、猿の文鎮とか、電子煙草の新型とか）であっても、それを自分の家に迎え入れることによって運勢がたちまち好転したり、今まで自分でも気付かないままであった何らかの才能や能力が目覚める契機になるのではないのか――そんな夢のようなことを考えてしまう。人生における（好ましい意味での）不連続点がもたらされるのではないか、と。

考えようによっては、怠惰かつ物悲しい話である。いじらしい、とでも形容すべきか。だが当人としては、情けないと思いつつ多少の「ときめき」もあるのだ。

先日は、ふとマウスパッドを買い換えようと思いついた。必然性はない。今使っているもので十分に役立っている。だがちょっと飽きたし、文筆の道具のひとつと言えなくもない。新しいマウスパッドによって、急に文章が上手くなったり素晴らしい着想を得られるかもしれないではないか。

ちなみにそれまで使用していたのは、かなり悪趣味なデザインである。合成樹脂の薄く平べったい袋状になっていて、その中に微量の液体が入っている。さらに精虫の形をしたパーツが二十四くらい封入されていてそれが透けて見える。マウスを使っているうちに精虫はあちこちに移動する。だからどうしたというわけではないが、いかにも「ああ、オレは趣味が悪いなあ」と自虐的な気分になる。こんなものを使っていたから自分はロクでもない本しか書けなかったのだ、と自己弁護の材料にもなる。

通販サイトのアマゾンで「マウスパッド」を検索すると、一万種類以上が用意されている。プラスチックや紙で出来た一定サイズの平面でしかないのだから、絵柄やデザインは無限に可能だ。高価でないから、大胆な意匠であってもメーカー側はさして躊躇せずに製品化出来るのかもしれない。

単色の「ただの平面」でしかないもの、水玉模様や幾何学模様、木目などの無難というか自らの存在を主張しないデザインが多い。が、漫画のキャラクターや女優の顔あるいはヌードなどの騒々しいデザインもある。こうしたものにはあまり興味が湧かない。

北斎の富嶽三十六景とか、浮世絵を使った製品は案外多い。外国人向けなのだろうか。案の定、猫や犬、パンダなども目につく。自分で撮影した猫の写真をマウスパッドに加工してくれる、なんて商売もきっと世の中にはあるのだろう。

当然のことながら、泰西名画や現代アートを用いたものは多いし、当方の関心もそちらに向きがちだ。若冲のファンタスティックな動植物をモチーフとしたマウスパッドが結構あるのには「なるほどねえ」と納得感がある。もちろんモナ・リザやゴッホの向日葵を印刷した製品もある。ムンクの〈叫び〉やウォーホールも想定内だ。ダ・ヴィンチ〈ウィトルウィウス的人体図〉、河鍋暁斎〈化け猫〉とか。そうなってくると、「おそらく、この絵を使ったマウスパッドが存在するに違いない」と予測を立てるようになってくる。そのような視点から、暇にまかせて一万点の製品をチェックしたことがある。あまりにも馬鹿げた作業で、自分でも嫌になったが途中からはただの意地になった。

絶対にある筈だと予想した（必ずしも欲しいわけではないが）のに、実際には存在しなくて拍子抜けした絵や写真が幾つかあるので列挙してみる。もしかすると美術館の売店では売っていたりするのかもしれないが。なおダイアン・アーバスの写真は、版権上絶対に無理なので挙げない。

①エッシャーの作品
②デ・キリコの〈街の神秘と憂愁〉
③マグリットの作品
④東郷青児の作品
⑤ダリの柔らかい時計
⑥ジョゼフ・N・ニエプスによる世界最初の写真（一八二六年、ル・グラの窓からの眺め）
⑦カフカの肖像写真
⑧R・トポールのペン画
⑨地球空洞説の図解（断面図）

⑩ヘッケルの反復説（個体発生は系統発生を繰り返す）の図解
⑪ルイス・ウェインが精神科病院で描いた猫

もしこれらが実現したら、個人的にいちばん欲しいのは⑥である。理由は自分自身でも判然としないのだが、何となく「ただならぬもの」が手許にあるような気持にさせてくれそうだ。

さて結局わたしはどんなマウスパッドを購入したのか。

いっぺんに三点購入した。ひとつはブリューゲルによる〈バベルの塔〉である。ご存知のように神々はバベルの塔を作ろうとする人間たちに腹を立て、言葉を混乱させて建設を断念させた。言葉の混乱というあたりで、自戒にもなるかと思ったのである。

もうひとつは、テニエルによるチェシャ猫のペン画である。『不思議の国のアリス』に添えられた有名なイラストである。にやにや笑いながら、笑いのみを残して消えていく猫の消失プロセス（二枚）を上下に並べたマウスパッドだ。たぶん原画より大きいので迫力がある。

さらにもうひとつはアンリ・ルソーの〈眠れるジプシー女〉で、これには好み以外の理由がある。書斎の壁が青く塗ってあり（煙草のジタンのパッケージに似た色）、いっぽう机の天板はあえて廃材を使ってある。すると色彩的に、この作品の配色加減が、マウスパッドとしてまことに書斎にしっくりする。色のことを考えなければ、ルソーなら〈フットボールをする人々〉のほうが好みではあったのだけれど。

というわけで以上の三点をまとめて注文した。大盤振る舞いである。届くまで、自分でも不思議なくらいにわくわくした。たった一日待っただけだが、最近こんなに宅配便を心待ちにしたことはない。それだけでも購入した甲斐があったというものだ。

届いてみると、現物は思い描いていた通りであった。まあ意外性が伴う可能性は少なさそうではないか。というわけで、三種類のマウスパッドをローテーションで使っている。ちなみにこの原稿を書く際には、〈チェシャ猫〉のを用いた。

マウスパッドのデザインにおいて、「予想通りに存在した」ものと「意外なことに存在しなかった」ものとがあったわけである。厳密には「こんなものもあったのか!」というのもあったが(たとえばジョン・エヴァレット・ミレイの〈オフィーリア〉のマウスパッド。そんなもの、誰が使うんだろう?)それはごく少なかった。

自分なりの予想を抱きつつ、通販の、多彩なマウスパッドを並べた画面を眺める作業は楽しい。それは世界の肌触りを確認するような作業に思われるのである。

予想通りのものが次々に出現すれば、世界は馴染みやすい風貌を備えてくるだろう。違和感や困惑が少なく、その代わりに新鮮さやスリルには欠ける。世界は安全だが退屈だと感じられそうだ。逆に「こんなものすらないのか」「こんなものがあるのか」といった意外性が重なれば、もしかすると世界は得体が知れず油断のならない風貌を備えてくるかもしれない。不安や猜疑心に包まれてしまいかねない。

マウスパッドの一覧画面を眺めた感想は、おおむねわたしが普段この世界に抱いている感触とパラレルであった。既知と未知ないしは予想外との配分が、およそ普段の自分の実感に沿っていた。もう少し意表を衝いたものがあってもよかった気はするが。

と、そんなことを考えながら、正月になるとあちこちの店が企画する福袋のことをふと連想した。

福袋の中には、値段において明らかにラッキーなものが入っていたと喜びたくなる品と、いかにも売れ残りや人気のなさそうなモノの在庫一掃みたいな品の双方が入っている（買ったことはないが、他人の購入した福袋を見せてもらった限りではそう思える）。そして在庫一掃めいた品として真っ先にわたしが思いついたのは、猫の絵ないしはイラストのマウスパッドであった。文具店か家電店の福袋ということになろうが、あざとく可愛さを強調しようとして失敗した猫の写真とか、下手で魅力のない猫のイラストを印刷したマウスパッドは、いかにも福袋に「品数を増やす目的」のみで入れられていそうに思えるのだ。「こんなマウスパッド、使わねーよ」と思っても、猫のマウスパッドをそのまま捨ててしまうなんてどこか心が痛む。気後れする。誰か欲しがる人でもいないかな、などと考えても誰も欲しがらない。結局、始末に困る面倒な品物を押しつけられた形になってしまった――そんなふうに痛感しそうなのが「ステキじゃない〈猫のマウスパッド〉」なのである。実に鬱陶しい存在ではないか。呪いみたいなものである。そんなものが入っていたら、福袋ではなくて地獄袋だろう。

さも福袋要員と思いたくなりそうな、そそられない〈猫のマウスパッド〉は、通販の画面には沢山あった。こういったショボいものをいくつもいくつも、何度も目にしてしまうのもまた、まぎれもなく世界の肌触りの確認であるような気がする。

視力表

眼鏡のフレームを買い換えたくなった。フレームの一部が折れたとか、丁番――テンプル（つる）とフロント（前枠）とをつなげる可動箇所――が壊れたわけではない。レンズにも問題はない。要するに、仕事や人生が煮詰まった挙げ句、苦し紛れにせめてささやかな変身をしてみようと思い立ったのである。

妻に同伴してもらって眼鏡店に出掛けた。何だか博物館の展示室みたいな店で、標本の代わりに多種多様なフレームがみっしりと並べられている。

いろいろなフレームを試し、やっと「これにしよう」と決めた。鏡を見てもレンズの入っていない状態だからいまひとつ似合っているのか分からない。事実上、妻と店員とに選んでもらったに等しい。自分一人で躊躇なくフレームを選択出来る人は、かなり巧みに自画像（漫画風で可）を描ける人ではないだろうか、などと思いたくなる。

フレームを選んだら、次はレンズだ。ここ十数年のあいだに幾つかのフレームを購入してきたけれど、レンズはすべて同じ度数のものにしてきた。見え具合に不都合はなかったし、度数を変えると今までの眼鏡がスペアとして使えなくなる。それに視力検査は面倒である。だから器械を使って現在使用中のレンズの焦点距離を測定してもらい、そのまま「今までのレンズと同じ」仕様にしてもらってきた。

だがそろそろきちんと検査をしたほうがよさそうだ。視力も落ちてきている。妻に叱咤激励されて、検眼コーナーに足を運んだ。

視力検査は、あいかわらずランドルト環だ（国際基準に定められたのが一九〇九年だから、百年以上続くスタンダードである）。さまざまな大きさの環に切れ目が入っていて、その切れ目がどこにあるか。それが分かるかどうかで視力を測る。早速その視力表と向きあうことになった。

たちまち後悔の念が湧き起こった。なぜ視力検査が嫌なのか（面倒だというのは、取り繕いの言葉である）、その理由を今やっと、ありありと思い起こしたからである。

ランドルト環のどちらに切れ目が入っているか。この判断は〈見える／見えない〉の二者択一なんかではない。そんなに単純なものではない。見えるような見えないような、でも目を凝らすと像が滲んでしまって余計に分からなくなる――そんな曖昧な状況が必ず訪れる。するとわたしは、当てずっぽうに答えることになる。「斜め右上！」などと。でもそれで正解だったとしても、何の意味もない。そのような誤魔化しをしても、益にはならない。はっきり見えなければそれは「見えません」と正々堂々ギブアップすべきではないのか。

けれども生活場面において、明瞭に見えてはいなくても「たぶんそうだろう」と判断する場面は珍しくない。となれば、視力表において半分当てずっぽうに答えてもそれは現実生活のシミュレーションと見なしてよいのではないだろうか。そのように考えたりもするものの、答が間違っていたりすると、ひどく恥ずかしい。模擬試験でカンニングをするような的外れな行為をしているように思われているのだろうなあ、と自己嫌悪に陥ってしまうのだ。

その瞬間わたしは不意に猫のことを思い出す。今はもういない我が家の飼い猫が生きていたとしたら、こんな場面で悩んだりはするまい。はっきり見えなかったら平然と無視するか、それともよく見える位置まで走り寄る筈だ。その潔さ、簡潔な態度が羨ましくなる。視力表を前に口ごもりつつ、わたしは亡くなった猫の振る舞いを思い浮かべてやるせない気分になっていく。視力検査なんかするんじゃなかった。

眼鏡店の中に猫はいない。が、わたしの頭の中には、葛藤とは無縁の猫が棲んでいる。

学生時代に、夏休みを利用してグァテマラに行ったことがある。わたしが通う大学とは別の大学の医学部で公衆衛生を教えていた父がグァテマラで調査活動を行っていたので、それを手伝うという名目で遊びに行ったのだった。

当地には恐ろしい風土病があった。河盲（リバー・ブラインド）と呼ばれ、それはブヨに媒介されて罹る寄生虫疾患である。フィラリアのように極小の線虫が血液の流れを利用して身体のあちこちに散らばり、皮下で増殖する。すると皮膚に瘤が出来る。蟻塚のようなものだろう。そうやって増えた線虫は、気味の悪いことに眼球を目指して身体の内部を遡行する。眼球に辿り着き、すると視力が低下する。しかも線虫が死ぬと一種のアレルギー症状が起き、それに伴い失明する場合がある。ブヨに刺されてから二十年くらい経ってからの顚末であるのが、あまりにも残忍である。

そんな風土病を調べるために、現地の人々（マヤ人）を集めて身体検査をする。検査のメニューには視力の測定も含まれ、ジャングルみたいな場所にある木造の公民館の軒先に視力表が貼られた。そのときわたしは、初めてランドルト環以外の視力表を見たのだった。

アルファベットのEが使われる。環の切れ目の代わりに、Eがどちらの方向に「開いて」いるのかを言わせる。Eチャートと呼ばれ、外国ではむしろこちらのほうがポピュラーらしい。当方の感想としては、Eチャートにはどこかしら騒々しいイメージが伴って気に入らない。ランドルト環のほうが、ミニマリズム的な静謐さがあって好ましい。まあ検査表に美学を持ち込んでも仕方がないが。

調査活動にはアメリカ人の医師、ジェフも混ざっていた。陽気でジョークを連発し、いかにもアメリカ人なのにコーヒーを飲まない。自らを紅茶マニアと称し、いつもティーバッグで淹れた紅茶をマグカップで飲んでいる。おしなべて外国人は飲み終えるまでティーバッグをカップに入れっぱなしで、紐を向こう側に垂らしたまま紅茶を飲む。どんどん濃度が高くなって、かえって不味くなりそうだが、それが普通らしい。というわけで、ジェフはティーバッグを浸したままのマグカップを片手に、いつもご機嫌な表情をしている。

今こうして思い返してみても変な話なのだが、ジェフが愛飲していた紅茶（現地調達したいささか怪しげな商品）は、ティーバッグの紐がいやに長かったのである。通常のものに比べて三割くらい長い。会社がケチな精神を発揮して紐を短くするなら、それはそれで理解が可能だ。しかし長過ぎるのはおかしい。メリットなんか何もない。それどころか間抜けに見える。実際、ジェフは不必要に長い紐をぶらぶらさせながら紅茶を飲み、それを見ているわたしは気になって仕方がない。ぶらぶら加減がこちらの気持を苛立たせる。

もしそんなシーンにわたしの猫が遭遇したら、反射的にその不様なティーバッグの紐を目がけて飛びつくに違いない。ジェフは慌ててカップを取り落とすのではないか。空中で巧みに火傷の危険を回避した猫は、ジャンプした勢いにまかせてジェフの鳩尾(みぞおち)に体当たりをくわせ、彼に尻餅をつかせるだろう。

視力検査をしている傍らで、猫がアメリカ人の医者を攻撃している。

ブックストア猫

昭和という時代を振り返ると、あの頃は今ほど猫の人気はなかったなあと感じる。実際、飼い猫（ほとんどが雑種）であってもいまひとつ顔立ちに可愛さを欠き、どこか険のある表情をした猫が多かった気がするのだ。愛想も悪く、人なつこさに乏しかったようでもある。飼い主の目の届かないところ（すなわち家の外）で勝手に生活している時間帯が多かったことも特徴だろう。つまり、より野性に近かったのかもしれない。

外国産の猫としてはシャム猫のみが幅を利かせていた。ステレオタイプなイメージとしては、金持ちの高慢な婦人とか銀座のホステスが飼っていて、飼い主も猫も意地悪で狡くて鼻持ちならないといったものであった。シャム猫を好むような価値観が、共感はしかねるもののまぎれもなく存在していた気がする。

吉行淳之介（一九二四〜一九九四）が昭和三十六年に発表した「家屋について」という短篇がある。ことさらストーリーがあるわけではなく、自分が過去に住んだ何軒もの家の記憶をエッセイふうに書き連ねているだけなのだが、性的なトーンを帯びた屈託が曖昧模糊としたまま暗い底流を成しており、そうした点においてやはり一篇の小説と見なしたくなる作品だ。

終わりのほうに、彼が一年ほど前に引き払った家のことが述べられている。二部屋だけのちっぽけな木造の平屋で、玄関の脇には藤棚があったという。黒い土の上に這いつくばっているように見える家であったと吉行は書く。そこで彼は猫を飼っていた。

黒い猫は、私の飼猫だった。その家を離れるとき、私はその猫を抱いて引越車に乗せようとした。しかし、猫は私の手の甲に爪を立て、車の窓から飛び出して、家の中に走り込んでしまった。幾度試みても、駄目だった。

『犬は飼主に付き、猫は家に付く』という諺があるそうだ。

結局、私はその黒い猫をそのまま残して置くことにした。隣家に食事の世話を頼み、六畳の畳のひろがりの中央に座布団を一枚置いて、私は去った。

確かにわたしも「犬は飼主に付き、猫は家に付く」といった慣用句を子どもの頃から耳にしていた。すなわち、猫は人間に対して薄情であるという認識が一般的であった。孤高と考えるよりは、恩知らずというニュアンスが強かったのではないか。サザエさんのテーマ曲の歌詞にはドラ猫が魚を咥えている（盗んでいる）といった意味の一節があるが、泥棒猫といった言い回しも世間には膾炙していたのである。

吉行が越した後、ちっぽけな木造家屋は空き家のまま荒廃しつつあった。その家に、彼はときおり訪ねて行く。なぜならあの黒猫がいまだに住み処にしているから。鍵は閉まっていても、掃き出し口から出入りしているから。隣家もちゃんと食事を与えてくれているという。でも吉行は、引っ越し以来一度も猫の姿を目にしていない。

私は礼を述べ、裏口の鍵を開けて、這入って行った。湿った、空家のにおいがしたが、獣のにおいはしない。しかし、黄色くなった畳のひろがりの中央に置かれてある座布団の布地を調べてみると、そこに獣の灰色のこまかい毛がたくさんこびり付いているのが見えた。

夜更け、背をかがめるようにした黒い猫が無人の家に潜り込み、座布団の上に乗って、四肢を折るようにして軀を低くし、やがてくるりと丸くなって横たわる姿を思い浮かべると、私は一種身震いに似た感情を覚えた。

なぜ吉行は身震いに似た感情を覚えたのだろう。はっきりと書かれてはいないが、おそらく女性関係のトラブルを仄めかしている。だから、あえて生々しい筆致で毛のこびり付いた座布団を描写したりしている。黒猫が棲む空き家の話は創作だろう。でも性的な消息が猫に託されるあたりが、まさに昭和の感性だと思うのである。当時の猫と昨今の猫とは、そのありようもイメージも驚くほど違っている。

❖

天啓でも得たように、いきなり犬派から猫派に転向したという人は結構多いようである。わたしもその一人で、それまで犬派に甘んじていたのは右に書いたようにどことなく猫に陰湿で拒絶的な要素を見出していたからであった。

猫派に転じたのは一九八〇年代の中頃（まだ昭和の末期ではあったが）である。休暇で妻とニューヨークへ遊びに行った。キッチンの付属したホテルを借りて、半分自炊をしながら外国生活を楽しんでいた。そしてある日、ソーホーの近くのブックストアに入った。当時はまだ大型書店とアマゾンとが書籍販売を席巻しておらず、小ぶりだけれど個性的な書店があちこちに散在していた。そこのブックストアも、詩や小説を中心とした棚揃えで壁には作家による朗読の予告が貼ってあったり、サイン入りの作家の写真（W・C・ウィリアムズのポートレイトもあった。マン・レイが撮影したものではなかったけれど）がさりげなく飾られていたり、店のロゴを印刷したトートバッグが売られたりしていた。

平積みになったハードカバーの列に目を移したら、一匹の大きな猫が本の上に寝そべっていた。

猫は、さも当たり前といった態度でゆっくりと寛いでいる。邪魔といえば邪魔なわけだが、店主も客もそんなことには頓着しない。むしろ猫に気を遣っている。アメリカン・ショートヘア（そのときには、そんな種類の猫が存在していることすら知らなかった）に似た灰色の猫だった。毛並みは艶々して、本が汚れるとかそういった感触とは無縁である。いかにも書店でいちばん偉いのは自分であるといった雰囲気で寝そべっている。

身体も大きければ態度も大きい猫なのだ。でもその猫と本とは、何の違和感もない組み合わせであった。もしかすると、朗読会のために来店した偉大な作家に頭や喉を撫でてもらい、にもかかわらずそれが当然といった尊大な態度を示したかもしれない。詩の朗読中に、退屈そうに大きな欠伸（あくび）をしたかもしれない。それでもこの猫ならば許される。いやそれどころか、この猫が気持よさそうに横たわっていた本――いちばん長くその上に伏臥されていた一冊に与えられる「猫が選んだ文学賞」があってもいいのではないか。と、そんな馬鹿げたことすら思い描いてみたくなる。

猫と書物とは良く似合う。そこに気付いた時点で、たちまちわたしは猫に親近感を抱くようになった。猫派に宗旨替えをした。お気に入りの本で埋まった部屋で、猫と静かに時間を過ごせるような生活を送るのが自分にとっての理想なのだと悟った。どうして今までそれに思い当たらなかったのかと不思議に感じたほどであった。

とはいうものの、実際に猫を飼うまでにはそれから四半世紀の年月を要した。それは猫と暮らすのに相応しい家に住む機会に恵まれなかったからだ。言い換えれば、猫を迎え入れるべき書斎を持てなかったからに過ぎない。まあ書斎と呼ぶほどの重厚なものではないけれど、あのブックストアに共通するトーンの空間を手に入れた段階でわたしは猫を家族の一員としたのだった。もともと子どもがいないので、猫を含めての三人(?)家族である。現在は悲しいことに夫婦二人暮らしに戻ってしまっているが、また近いうちに、猫と本とによる理想的光景が再現される筈である。

詩人S、ビートニク

Sとは、諏訪優（一九二九〜一九九二、戒名は頌詩院遊行日優居士）のことである。新聞に載った訃報の肩書きは「詩人、日本福祉大教授」となっていた。残念なことに、本人の姿を（たとえ遠くからでも）目にしたことはない。交流はまったくなかった。そもそも世代が違う。一方的にわたしが関心を寄せていただけの人物である。

率直なところ、諏訪の詩には、完成度がきわめて高いとか革新的であるとか強烈な独自性に富むとか、そういった輝かしい要素は少ない。ことに晩年の詩は、むしろ演歌に近いトーンすら帯びている。でもそれで構わない。当方としては、彼の詩のスタイルの変遷と「老いる」こととの関係性が気になる。

晩年の六十歳に、新聞に連載を始めたエッセイはペンネームが面胴苦斉（めんどうくさい）（なんとくだらないペンネームなのか。ヤンキーの落書きレベルではないか！）で、第一回では「苦斉としばらくのお付き合いを願います。／苦斉と称するが、別に生きることが面倒臭くなったからというわけではない。多少は世をスネて、そんなポーズをとっているにすぎない。／好奇心は旺盛で、旅とお酒と女性には目がない、といったところ。毎日のように散歩し銭湯へゆく」と書いている。脱力してしまうではないか。この俗っぽさ満載の文章が詩人の筆によるものとは信じ難い。ことに「好奇心は旺盛で、旅とお酒と女性には目がない、といったところ」という部分が、いかがなものかと呟きたくなる。体言止めになっているのも、余計にみっともなさを強調する。しかし正直に申せば、そこがまた、こっそり駄菓子のソース煎餅でも囓っているような屈折した味わいをもたらす。

彼は大変な猫好きであったけれど、詩人として猫への愛をどのように表明するかに注目してみると、これまた通俗性との絡みでその無防備な表現ぶりに苦笑すら浮かんでくる。おしなべて諏訪の書いた詩やエッセイや小説を読んでいるだけで、懐かしさや恥ずかしさや苦々しさが次々に生じてくるのだ。まあそれだけの喚起力があるのだと考えてみるなら、なるほど諏訪の仕事は確かに刮目すべきなのかもしれない。

明治大学文芸科を卒業した諏訪優は、在学中から吉本隆明らと詩誌『聖家族』を創刊するなど詩作活動に熱中していた。北園克衛が主催する詩誌『ＶＯＵ』にも参加しており、たとえばその頃に作られた「金曜日」という作品の後半を引用すると、

むし歯の中で
ガラスが割れる

アスピリンの月

月夜の
赤い
チカ　チカした
球形のオペラ

といった具合に、まさに北園流モダニズムが横溢している。いや、もはや北園の分身ではないか。

　そんな彼が、関心をアメリカに向けるようになる。きっかけは不詳である。一九五八年に英文の詩誌『ＫＡＳＴ』を自ら創刊、それを通じて米国の詩人たちと交流を持つようになり、そうした人たちの中にはウィリアム・カーロス・ウィリアムズやアレン・ギンズバーグもいた。大変な行動力と言えるだろう。

当時は、いわゆるカウンター・カルチャーとしてカリフォルニアから「ビート・ジェネレーション」が台頭しつつあった。共鳴した諏訪は、巷に美空ひばりの歌が流れ夏には盆踊りの催されるこの日本にいるまま、一人のビートニクとして生きて行こうと決心した。思潮社の『現代詩文庫73／諏訪優詩集』（一九八一）の巻末には鍵谷幸信のエッセイが付されているが、それによれば詩仲間と国内旅行をした際、「日本海を眺める浜辺で昼弁当を食べたとき、幕の内、うなぎ飯、すし、サンドウィッチと四人の中味は違うが、まず諏訪が百メートル位離れて一人ボッチでポツンと坐りサンドウィッチを食べたとき、彼の決然たる孤高の単独者の姿を拝見し、ぼくは感動したのである。ふつうなら仲良く食べてもいいのに、彼は一人遠く遠く離れてなにやら詩想に耽り、サンドウィッチを口に放りこんでいたのだろう」とある。そんな人物がやがて田端で茶漬けに梅干しの生活を始めるのだが。

ビート・ジェネレーションは物質文明に染まった生き方からドロップアウトし、自由な精神を貴ぶべく気ままに生きて行く。そうした生き方の重要な要素として「旅」が挙げられる。旅こそは精神も肉体も既成の生き方から解き放つ手段である、と。だから諏訪も旅の詩を書き始める。一九六三年に発表された一篇、「――井原秀治に――」と添えられた作品「銚子にて」を紹介する。

年末の二十八日　両国から魚くさい列車に乗って東京を離れた　ベレー帽などかぶらずに　ゴム長をはき　くしゃくしゃの新生の紙袋から　中味のゆるんだシガレットを取り出して　カツギやのおばさんから火を貸りて喫った方がよかったのだ

僕は読みかけの「ビッグ・テーブル」を尻の下に押しかくした

（中略）

お茶の水で逢う約束をしたまま　手紙も出さなかった宿の美しい娘さんは　もうこの家の人ではなかった　夜ふけの食事はだから　堂々と肥った彼女のおかあさんが運んできた

ひとりで三日間　大砲のようにとどろく波の音の中にねころんでいた

詩と私小説との中間みたいな感触が、わたしにはリアルでかけがえのないものとして感じられたのだった。なお、本文中の「新生」とは両切りの安煙草の名前、「ビッグ・テーブル」は一九五九年にシカゴで創刊された詩誌で、名付け親はジャック・ケルアック。ウィリアム・バロウズやノーマン・メイラーなども寄稿していた。

六〇年代は、詩作とともにビート・ジェネレーション界隈を日本へ紹介することに諏訪は傾注している。また米国に倣って、ジャズ（フリージャズに近いもの）をバックに詩の朗読会を催す試みも始めている。ジャズとコラボレーションしての朗読はかなり長期に渡り実践され、一九七二年十二月九日には大阪心斎橋のパルコで、吉増剛造、谷川俊太郎、白石かずこと一緒にステージに上がっている。

一九六五年には紀伊國屋新書で『ビート・ジェネレーション』を上梓し、ビート派について熱っぽく語っている。同書のあとがきには、こんな文章がある。

ここで僕は一人の日本人の友について書いておかねばならない。それは僕と同年生まれの詩人井原秀治のことである。彼は僕が接した友人の中ではもっともビート的な男であった。彼は髭こそ生やしていなかったが精神はアメリカの彼らのごとくであり、僕たちはひそかに旅をしたり、その頃ギンズバーグから送られてきた『吠える』朗読のレコードをきいたりした。彼とともに交したビート・ジェネレーションに関する意見の数々は僕には非常に参考になった。彼は現在、千葉で永久に発表することがないかもしれない自伝的な長詩を書いている。

註釈を加えておくと、『吠える』とはアレン・ギンズバーグが一九五六年に発表した長詩『Howl』のことで、十万部以上が売れ、ビートニクたちのバイブルとなった。諏訪はかなり苦労して同書を翻訳・刊行している。

諏訪の「銚子にて」で、献辞の相手として記されていた井原秀治の名がここでも出てくるではないか。そんな一致はともかくとして、井原が「永久に発表することがないかもしれない自伝的な長詩を書いている」という箇所が、わたしにはまさに青春そのものの気負った産物と感じられて懐かしさに胸が揺さぶられてしまったのであった。わたし自身も似たような妄言を若い時分にうそぶいたことがあるような気がする。まあビート的とは称し難い生き方を当方はしていたが、この文が書かれた時の諏訪たちだって既に三十六歳になっており、青春とは言えない年齢であった筈だ。詩人は歳を取らないのだろう（だがあるときから、急に老人になる）。

一九七〇年に、彼は初めて渡米する。大学やポエトリーセンターからの招聘を受けたもので、アメリカ各地を旅しながら詩の朗読を行っている。この経験はさし当たって詩集

『アメリカ・その他の旅』（一九七三）に結実し、以後七〇年代はまさに日本のビートニクとして諏訪は活躍していく。植草甚一（一九〇八〜一九七九、戒名は浄諦院甚宏博道居士）は六〇年代後半からアメリカ通・ジャズ通として認識され始め、一九七一年に胃潰瘍の手術をして体重を落してから独特の風貌をしたファンキー爺さんとしてメジャーな存在となったが、二十代のわたしにとって諏訪と植草はアメリカの熱気を伝えてくれる二人の重要人物であった。この二人に直接的なつながりがあったかどうかは分からないが、少なくとも白石かずこや鍵谷幸信あたりがミッシングリンクであった筈だ。

植草は一九七九年に亡くなってしまうが、いっぽう諏訪は八一年に田端（かつて芥川龍之介が居を構え、界隈はささやかながら文化人の村といった雰囲気があった。地理的に、いわゆる谷根千に近い）へ転居、ボロアパートの六畳一間で暮らし始める。女性関係が理由で妻子とは別居、しかしときおり妻とは会って食事をしたりもとの家を訪れる。と同時に、若い女性とは半同棲に近い形で妻もそれを黙認していたらしい。このあたりの経緯は、諏訪の書くものに頻繁に出てはくるものの脚色されたりフィクションが混ざっていて実際のところはいまひとつ分からない。だが世間的に浮気と称される行為は、別居前からかなり濃厚に行われていたようだ。一九八〇年に出た詩集『谷中草紙』（国文社）では、谷中に独りで住む女とそこへ通う妻子持ちの男との関係がまことにウェットに描かれ、おそらく彼の生活のありようをかなり反映していたのではないか。同詩集に収められている「ことしも谷中に春がきた」という作品の後半部分を引用しておこう。

逢初坂おりたところで
女は
手帖をひらいて
男に電話した
――土曜あたり　桜が満開よ――

男はきっと　くるだろう
泊ってゆくか
それとも　終電で帰るだろうか
女にとって
それはどうでもいいことだ
――けれど――

季節がめぐってくると
女は
いつも
その〝けれど〟にすこしばかり悩むのだった

これはもはやビート派の詩ではないだろう。歌謡曲の世界だ。物質文明への決別だとか自由への解放などとフリージャズをバックに煽っていたくせに、気がついたらじめじめとした情念の世界である。「けれど」、わたしはそれを否定する気にはなれない。北園克衛↓ギンズバーグとビート・ジェネレーション、旅とフリージャズ↓谷中と昭和歌謡の世界、といった具合に変遷してきた諏訪だけれど、自己愛の昇華方法が変わっただけで、根底の部分は他人に甘えたがる善人だろう。「ふつうなら仲良く食べてもいいのに、彼は一人遠く遠く離れてなにやら詩想に耽り、サンドウィッチを口に放りこんでいたのだろう」といった鍵谷の述懐が示唆するのは、友人たちの寛容さを当て込んでのポーズだったに違いない。

諏訪にとって、田端の暮らしは少なくとも経済的には大変で、また女性関係に眉を顰める友人たちに背を向けられることもあったようだ。当方は演歌じみた生き方だなあと思うが、本人はこれぞビート派的生き方の日本的展開と信じていたのかもしれない。そこには「老い」の要素が絡み、それゆえの不安や諦念がいわば躁的防衛じみた形となって「面胴苦斉」などといったつまらぬペンネームを考案させたのかもしれない。

日本的情念でも昭和歌謡でもウェットでも――呼び名はどうでもいいのだが、そうしたものにどっぷり浸かってしまえば居心地は悪くない。ましてや心の隅に文士気取りに似たものがあったなら、なおさら生活の大変さも含めて日々は味わい深くなる。だがそこには罠がある。通俗に心を許せば、書くものは底が浅くなる。一九九二年に『早稲田文学』に発表された「田端日記」という短篇小説がある（彼が亡くなる四ヶ月前である。諏訪は九一年から日暮里のマンションに女性と転居しており、最晩年には日本福祉大教授となって生活レベルも改善していたようだ）。「田端日記」は私小説めいており（諏訪が須田という名前になっている）、そこではK子という大学生との恋愛で家庭を壊してしまったことになっている。それはそれで構わないが、以下に引用するこの下手な描写はどうだろう。彼が回帰した世界が精神の緊張度を緩めてしまったとしか思えないのである。もちろん老化による影響もあろうが。

多摩川の上流、秋川の激流のわきで、突然K子が、ごうごうという水音と抗うよう

に、大声で、

――K子は好きになっちゃったの。いっしょに暮らして……。そうじゃなかったら、今、いっしょに死んで――

と言った。

――馬鹿を言うんじゃない――

須田はK子を睨んだと思う。

K子に須田の声がきこえたかどうかも分からない。

強い力が須田の腕をとって流れの方へ誘った。

その時、須田にある感動と決意が生まれた。

――K子、俺も愛しているよ――

K子の耳元で叫びながら、須田はK子をしっかり抱きしめていた。


かつて取った杵柄で、ぜひともマイクに向かってフリージャズをバックに朗読してもらいたいと思う箇所である。まったく、何を書いているんだ、諏訪優よ。

わたしは諏訪が亡くなった年齢をとうに越えてしまった。それゆえに、彼の変貌や作品の衰えをある種の普遍として感じ取ってしまう。他人事とは思えない。共感よりも恐ろしさを感じてしまう。彼は戯画に近いものとしてわたしに迫ってくる。

晩年の諏訪は俳句にも興味を示し、天機会という俳句仲間がいた。没後にその天機会が編んだ追悼文集『言葉よ、風を孕め』があり、そこには諏訪と最後まで一緒に暮らした芳江さんの文章がある。食道癌を患い、東京医科歯科大附属病院で最期を迎えるのだが、衰弱して意識も朦朧としがちな諏訪は彼女に身体を支えられながら便箋にボールペンで最後の文章を綴る。その筆跡が追悼文集に載っているが、へろへろの文字で「死の寸前まで、芳江とふたりきりでいれたことがうれしい。」となっている。その後ほぼ意識がなくなり、十二日後に彼は息を引き取った。

それまではウェットに過ぎる晩年と思っていたわたしであったが、さすがにこの最後の一文には胸を衝かれる。彼の振る舞いにはやはり「本気」があったのかと、しんみりした気持にさせられるのである。

❖

諏訪優は愛猫家で、猫にまつわる詩とエッセイを収めた『たかが猫だというけれど』(白川書院、一九七七)、白川書院版を増補した『猫もまた夢をみる』(廣済堂文庫、一九九二)、西川治による猫の写真に諏訪が文章を添えた『ニャンニャンミャオミャオ』（サンリオ、一九七八）、猫に関するアンソロジー『猫をかく』（国文社、一九七九）などを出している。

参考までに『猫をかく』の内容を引き写しておくと、「猫の魔力（粕三平）」「猫（ボードレール）」「猫町、猫、猫の死骸（萩原朔太郎）」「猫（高橋新吉）」「猫（山之口貘）」「猫の絵草紙（森茉莉）」「ひとはねこを理解できない（長田弘）」「猫への思考（白石かずこ）」「猫シャンソン（吉原幸子）」「猫（桜井滋人）」「猫と会話する（鈴木志郎康）」「猫（松下育男）」「ネコには髭がよく似合う、夫婦と猫（諏訪優）」「フォーサイド家の猫（吉岡実）」「共生論（松田幸雄）」「猫・凸凹（支倉隆子）」「すばらしい月曜日（寺山修司）」「養子、猫の一日（吉行理恵）」「好奇心（大庭みな子）」「雉の王冠（辻征夫）」「薔薇と猫（新藤涼子）」「追ひかける（望月典子）」「猫（T・ヒューズ）」「私の猫（中桐雅夫）」「前夜、猫と小鳥（岩田宏）」「不定形の猫（田村隆一）」「猫九匹（藤富保男）」「秋猫記、冬猫記（北村太郎）」「いやな猫（佐藤文夫）」「驚き（ブローティガン）」「捨て猫（村上昭夫）」であり、いかにも詩人の編んだアンソロジーではある。

それにしても諏訪が自分の猫たちに与えた名前はまことに芸がない。ピッピー、ペレ、チビ、クロ、べべ、カスミ等々である。独特の美学に沿ってあえて月並みな名前を選んでいるわけでもない。詩人としてそのあたりをどう考えているのか問い詰めてみたい気もするが、おそらく猫を前にすると彼は心の緊張が解けて、隙だらけになってしまうからではないのか。諏訪が猫について書いたエッセイやコラム、SFなどはどれも退屈で月並みなものでしかないのであるが、それも同じ理由からではあるまいか。そうした無用心さが、逆に人間としての魅力につながっているところもあるのかもしれない。

一九七六年に発表した詩で、「パパ・バッハ書店で逢った猫」という作品がある。PaPa Bach Booksはカリフォルニアのサンタ・モニカにある本屋で、そこでの体験を詩にしている。本屋と猫という組み合わせは誰の心をも捉えがちで、だからこの作品はさりげないトーンのまま成功しているのだろう。諏訪がまだビートニクという自覚にすがりついていたのも、この作品にはプラスに作用したと思われる。

いちばん奥の詩のコーナーで
本を手に振りかえったら
丸椅子の上に猫が寝ていた
トラというかキジというか
縞の一部がみどりがかってきれいだった

（中略）

ひたいを撫でたら目をあけてあくびをした
ごめんね猫　それから立って伸びをした
きみを抱いて椅子に坐った
秋の夜　きみの毛はつめたかった
わたしはあたたかい椅子に坐って
棚いっぱいの詩集の背を気持よく眺めていた

丸椅子の上の猫がもし自分だったとしたら、諏訪に抱きかかえられてもべつに嫌がらないと思う。

四コマ漫画／腕

①猫が道端でのんびりとうずくまっている。そして道を行き交う人々を眺めている。
人々は皆、腕が異常に長い。まっすぐ垂らすと、背筋を伸ばしたまま自分の足首を摑めるくらいに長い。そんな長い腕なのに、それ以外はごく普通なのでちょっとシュール。

一コマ目では、まだ猫は黙ったまま通行人を眺めている。

②苦笑したような表情で、うずくまったまま猫が語る。
「最近、人間の腕がずいぶん長くなったんだよね」

半ば呆れつつも、まあそんなものさと猫は悟ったような様子である。

③猫の顔のアップ。うずくまったまま、頭を通行人に撫でてもらってご満悦の様子である。
「おかげで、歩きながらさりげなく頭を撫でてくれる人が多くなってさ」

腕がここまで長ければ、わざわざ立ち止まって屈んだり膝を折らなくても、簡単に道端の猫に触れられるわけである。

④びっしょり濡れて水滴をぽたぽた垂らしている猫。たった今、溺れていたのを助けてもらった風情である。襟首を摑まれて空中に浮いているが、摑んでいる人（その人が救出してくれたわけである）は漫画のコマの外側にいるので姿が見えない。

猫はちょっと恥ずかしそうな表情で、負け惜しみのように呟く。

「水に落ちても、こうしてすぐに長い腕で助けてもらえる。いい世の中になったものさ」

（おわり）

猫・勾玉

二月の二十三日に、三重県から自動車で猫を連れてきたのだった。雌である。当初、名前は〈遠足〉とするつもりだった。猫の自在に歩き回る姿、子どもの頃の遠足に伴うわくわく感、そういったものを思い描いて〈遠足〉がよかろうと勝手に決めていた。だが妻が反対するのである。そんな変な名前はマトモじゃない。三文字でないと呼びにくい等々と主張して猛反対する。仕方がないので、どうせ寝てばかりいるのだろうからと〈ねごと〉にした。この名前の中には「ねこ」の文字が埋め込まれている。だからといって何の意味もないが、そういった入れ子構造の有り難い名前だと説き伏せた。

拾った猫である、〈ねごと〉は。三重県多気町の山の中に本楽寺という、樹齢四百六十年の大銀杏を擁した寺がある。そこの境内で妻の親戚が拾った。生まれたてらしかった。もう一匹拾ったがそちらは親戚宅で飼われることになった。

手提げのキャリーケースに入れ、妻がハンドルを握り、運転免許を持っていないわたしは助手席で膝の上にケースを抱え、はるばる東名高速を経て家に戻った。ケースの蓋を開けても、〈ねごと〉は不安そうな様子だった。当然だろう。とにかく姿を隠したがる。餌にも寄りつかない。翌日になると家の中から消え失せていた。どこを探しても見つからない。それこそ密室殺人にでも遭遇したかのような不可解な気分だった。

結局、壁の凹みに嵌め込んである床置きのエアコンの裏側に潜んでいた。こんな狭い空間に入り込める筈がないと思っていたのに。出てきたら、全身が埃だらけだった。

買い物に行って戻ってみると、また消え失せている。気配すら消している。散々捜索した挙げ句、今度はベッドの脇のわずかな隙間に身を潜めていた。〈ねごと〉の前に飼っていた〈なると〉は、当初は食器棚の上に駆け上ったまま降りてこようとしなかったが、今度はこちらの盲点を衝いてひたすら身を隠す。いちいち探しても仕方がないのだけれど、家から出て行ってしまった可能性を百パーセント否定する自信がないので、こちらが不安になってしまうのである。

家に来てから三日目に、いきなりスイッチが切り替わった。きっかけは見当がつかない。生まれる前からこの家にいるような顔をして、オモチャにも反応するし、こちらの身体にじゃれつくようになった。やっと猫らしくなった。一週間も経つと、全身がバネ仕掛けのように室内を縦横に飛び回っている。いささか元気があり過ぎるが、家の中が活気づいて嬉しい。食欲も旺盛で、こんなに食べたら肥満にならないかと心配になる。でも痩せている。そして顔が大変に小さい。

顔が小さいうえに、ちょっと猫らしからぬ顔に見える。ひょっとしたら虎とか豹とかピューマとかオセロットとか、そういったネコ科ではあるけれど猫以外の動物の子どもではないかと疑いたくなる。毛色が茶系なので余計にそんな気がする。でも伊勢神宮の近くに虎や豹とかが棲息しているとも思えない。近所の動物病院へ健康状態をチェックしてもらうついでに猫以外の動物の可能性を尋ねたら、一笑に付された。

猫は元気に遊んだり眠ったりしているものの、わたしのほうはいまひとつ生活に生彩がない。ことさらトラブルを抱えているとか心配事があるわけではないのだが、何か輝きに欠ける。カタルシスがない。この世に生まれて良かった！　なんて気分にちっとも遭遇しない。平穏無事であるのを感謝し、それ以上を望むなんてバチ当たりだとは思うが、どうも「つまらない」。冴えない日々を送っているようで気が沈んでくる。猫の潑剌さに引きずられて気分が高揚してくれればいいのに、逆にしょぼくれた人生が対比によって炙り出されてくるように思えてしまう。

電車に乗って中野まで出掛けた。占い師に見てもらうためだ。一年以上ご無沙汰している。人生がつまらないだとか散々愚痴をこぼし、それを丁寧に聴いてもらう。カウンセラーと変わらない。途中で、ああ、目の前の女性は占い師だったんだと思い直し、運気を上昇させる具体的な方法を教えてくれと迫った。すると、わたしは干支において「寅」の要素が不足しているらしい。それがよろしくない。だから家の中に何か虎に関するモノを置けと断言する。

虎と言われても、虎の敷物なんて馬鹿げたものしか思いつかない。張り子の虎もインテリアとして我が家には似合わない。野球に興味がないから、阪神タイガースがどうしたなんて話にもならない。

ふと思いついて、

「最近、猫を飼い始めたんです。茶トラなんだけど、これでどうですかねえ」

「ああ、いいですね。茶トラで十分。大正解ですよ」

などと答えるのである。何が「大正解」だよ。〈ねこと〉が幸運の猫であることを保証されたのは嬉しいが、適当にあしらわれた気がしないでもない。どうも虎グッズとしてはもうひとつ別な何かを手に入れておいたほうが万全を期せるだろう。

虎眼石（タイガーズアイ）というのがあったのを帰りの電車の中で思い出した。いわゆるパワーストーンである。家に戻ってからネットで調べてみたら（当時、わたしはスマホを持っていなかった）、決して高価ではない（キャッツアイは高いらしいが）。金褐色の透明な石の中に濃い茶色の縞模様が入っているのが虎眼石だが、縞模様の部分は酸化した鉄分らしい。効能を調べると、「目先の損得に囚われず、本当に必要なものを見抜き最良の判断へと導いてくれる」とか「邪悪なエネルギーを跳ね返して希望の実現に力を添えてくれる」などと書かれている。すごいじゃないか。

三センチ大の虎眼石製の勾玉（まがたま）をネットで売っていた。あの胎児みたいな形をした装飾品である。沖縄にある、鉱物を扱う店舗であった。千二百円だったので即座に購入した。数日で送ってきたが、まさにモニターで見た通りのものだった。書斎の机の上には大根の絵をプリントした古い印判小皿があって、そこにはヒマラヤの水晶とかブルドックソースの王冠（ブルドッグではなくブルドックである。創業者が、濁るのを嫌ってグをクにしたという）、火星人のバッジ、ローマ時代の古銭、建て替えた閉鎖病棟の鍵などのガラクタが置いてある。その仲間に虎眼石の勾玉も加えた。

ときおり〈ねごと〉が書斎に入ってきて、机の上をチェックしていく。勾玉には気付いたようだったが、二、三秒ほど訝（いぶか）しげに鼻で嗅いでからそのまま立ち去ってしまった。感想を聞きたいところだが喋ってくれない。

やるだけのことはやったのである。茶トラの猫と虎眼石の勾玉とで、もはやわたしの運勢は盤石である。あとは臆することなく幸運を受け止めるだけだ。

ブラックキャット

我が家の猫に、首輪をつけたい。猫としては迷惑だろうが、こちらとしては首輪で可愛くなった姿をぜひとも眺めたい。写真も撮りたい。一年中つけている必要はないから、せめてときおり首輪で飾った姿を見せてくれてもいいじゃないか。普段は、可能な限り快適に暮らしていけるように気を配っているわたしのために、たまにはサービスをしてくれてもバチは当たらないと思うぞ。

というわけで、首輪について計画を練った。いったい、拙宅の〈ねごと〉君のためには何色の首輪が似合うのか。

茶トラというのは、色を合わせるのが難しい。唐草柄の緑とか、江戸前の紫あたりが似合いそうな気がするが、こればかりは実際に身につけてもらわないと分からない。材質によっても、雰囲気がまるで変わってくる。おそらく猫にとって鈴は騒音以外の何物でもないだろうから、少なくとも鈴は外してから装着してもらうつもりだ。

ペットショップでは、過剰に可愛さを強調した首輪ばかりで食指が動かない。猫だって気恥ずかしくなるのではないか。ネットで写真を閲覧してみると、首輪が似合うのは黒猫である。これはもう圧倒的で、どんな色の首輪でも映える。ただのリボンを巻いてもカッコイイ。溜め息すら出てくる。

黒猫を飼ってみたいと思ったことはある。好みとしてはモノトーンのハチ割れが一番で、次が黒猫だ。自動車に喩えれば、個性的という意味で黒猫はアバルトの695みたいなものか。しかし猫を拾うのはまさに「出会い」だから、たまたま山寺の境内から茶トラが我が家にやって来たわけである。

さきほどアマゾンで何種類か首輪を注文してみた。どれが似合いそうか、試着が楽しみで仕方がない。

黒猫を不吉だとか縁起が悪いと嫌う人がいる。ひと昔前は、そういった風潮がかなり強かった気がする。道を歩いていたら目の前を黒猫が横切ったからなあ、と肩を落としている人すらいたものである。

阪田寛夫（一九二五〜二〇〇五）という詩人・作家をご存知だろうか。世間的には、童謡「サッちゃん」の作詞をした人として知られている。母親はパワフルかつモダンな感覚にあふれたキリスト教徒で、その彼女が病死する前後を描いて芥川賞を受けた「土の器」（一九七四）という中篇小説がある。それを読んでいたら、こんな場面があった。東京にいる作者に、兵庫にいる母がそろそろ危ないからと親族から電話が来る場面である。

一週間のちの日曜日の朝、また夙川の嫂から電話がかかった。今度も「できるだけ早く来て」と言われた。

前日の夕方、いやな黒猫が私の家の池へとびこんだ。口をあけたところが朱の炎の色で、はじめは金魚をくわえているのだと思った。

濡れ縁の物干竿を外して突く真似をしたが、猫はそのまま逃げるのではなく、こちらむきに何度か鳴き、これだけは言っておくという風に朱色の口から不吉なものをたくさん吹きかけて、それから姿を消した。

いかにも冥界の使者である。しかも「ふてぶてしい」。こんな具合に書かれては黒猫が気の毒になるけれど、当時はこのような表現が迫真的に感じられるような一般的イメージが人口に膾炙していたわけである。酷い目に遭わされた黒猫も多かったに違いない。気が重くなる。

黒猫と同様に忌み嫌われたものとしては、鴉が挙げられるだろう。いや、黒猫に比べれば、今でも鴉は嫌われ度が高いのではないだろうか。

わたしがM病院に勤めていたのは十年以上前に遡るが、当時は世田谷の広大な敷地に、二階建ての小さく白い病棟がいくつも分散して建てられていた。心の病気の種類や重症度によって、それぞれの病棟に患者さんは振り分けられていた。病棟のひとつひとつが、独立国家の様相を呈していた。

わたしが働いていた病棟は、小道が横へ回り込んだ先の、ちょっと奥まった場所に建てられていた。いつものように道を歩いていくと、欅の近くに鴉が何羽も集まって騒ぎ立てている。これにはさすがにたじろいだ。不吉云々というよりも、ヒッチコック監督の『鳥』(一九六三)を連想させる不穏さがあった。だが欅を通り越して病棟に行かないと仕事が出来ない。

無理に歩を進めていくと、いきなり、後頭部を鴉に蹴られた。両足を揃えて足底を前に押し出しつつ、音もなく滑空してきた鴉による後頭部攻撃である。泡を食った。しかし本気で攻撃してくるとしたら、嘴(くちばし)を使うだろう。一種の威嚇ないしは警告である。

なるほど、うっかり気がつかなかったが、小道には傷ついた鴉が一羽、落ちていた。死んではいない。だが飛び立てない。その怪我を負った鴉を守り、応援するべく仲間の鴉が集まっていたのであった。恐ろしく感じるいっぽう、そんなに仲間を思いやる鳥だったのか、とわたしは少々感動した。感動しながら病棟に逃げ込み、何時間かしてから外に出たら、地上に落ちていた鴉も仲間の鴉たちも、拭い去るように姿を消していた。どうなったのか分からない。どこへ行ってしまったのか。ハッピーエンドになったのか、そうでなかったのか。あえて詮索する気にはなれなかった。

でもそのエピソード以来、鴉に対するわたしの好感度はきわめて高い。鴉も黒猫もわたしの友達である。

子どもの頃、すなわち昭和三十年代のことだ。同じ町内に、何の変哲もないちっぽけな木造住宅があった。平屋で、瓦は黒い。縁側があり、障子や襖があり、畳が敷かれ、夜には雨戸を閉めるタイプの、ごく普通の和風住宅だ。垣根に囲まれた狭い庭にはささやかながら池もあった。百日紅（さるすべり）が植えられ、盆栽が台の上に並べられていた。正月には、家の大きさに比してびっくりするほど立派な門松が飾られた。祝日には、ちゃんと日の丸が掲揚された。当時のことだからハロウィンの飾りは行わない。クリスマスのイルミネーションも、昭和三十年代では普及していない。

住んでいるのは老人に近い男性とその妻だけで、子どもはいなかった。近所づきあいもあまりせず、ひっそりと暮らしていた。ただし、ひっそりと暮らしているといってもその主人が無口だったわけではない。彼は英語の通訳をしているとの噂であった。

当方の勝手な先入観では、通訳は外国かぶれの、しかもソツのない人の筈であった。流暢に英語を喋り、英語なんかちんぷんかんぷんの一般人をちょっと見下している。変に気取っていて、外国人とは冗談を言い合いながら大げさに打ち解けてみせ、知ったかぶりをしたがる嫌味な人物を想像していた。でもそんなタイプの人間が住むような家ではないのである。ラジオで落語や浪曲を聴くのが楽しみな人のほうが似合いそうな家なのである。

奥さんも、ごく普通のオバサンである。通訳の家ならたぶん室内には英語の本がいろいろあるだろうに、でもそんな気配などまったく窺えない。ちなみにわたしは奥さんを見たことはあるが、通訳である夫の姿は一度も目にしたことがない。

わたしはその家の佇まいと、英語の通訳という組み合わせに違和感を覚えていた。だが、べつに通訳が洋風住宅に住まねばならないわけではない。そしてこの家屋ないしは住人に関して、何かことさら事件が起きたのでもない。唯一ここで語るに値することがあるとすれば、それはその家で黒猫を飼っていたという事実だけである。ブラックキャットを。

とはいうものの、当時の通例として、猫は勝手に家を出ては近所を散歩し、よその家で餌をもらったりしていた。泥棒猫であるとか、悪さをする猫だったというのではない。気ままな家猫に過ぎなかった。名前は知らない。

さして可愛い猫でもなかった。無愛想な猫で、縁起が悪いとは思わなかったけれど、愛着も湧かなかった。今ほどわたしは猫に興味がなかったのだ。思い出そうとしてみても、その黒猫が首輪をしていなかったことしか記憶に残っていない。綺麗な色の首輪をして歩いていたら、もっと早いうちにわたしは猫好きになっていたかもしれない。

黒い招き猫

わたしの机の上には招き猫が三つ並んでいる。大きさはちょうど握り拳くらいのガラス製で、バカラの製品だと書くと嫌味な奴だと悪口が聞こえてきそうだが、そんなふうに捉えられると悲しい。べつにブランドに釣られたわけではなく、だからこれ以外にバカラ製品はひとつも持っていない。まだ母親が生きていた頃に、雑誌の広告を見て彼女が欲しがったので、透明な猫（右手を挙上）と黒に近い紺色の猫（左手を挙上）の二つをペアで進呈した。そのときに、進呈するだけでは寂しいから自分用にも透明なのをひとつ奮発した。その後、母が亡くなったのでそれらの招き猫を引き取り、今では合計三つが並んでいる次第である。

招き猫のおかげで幸運は訪れたか？　べつに大ラッキーが生じることはなかったものの、三つ揃って以来、ことさら不幸にも遭遇していない。不幸が忍び寄ってきても、挙上していた前足でそれを招き猫が叩き潰してくれているのだと解釈したい。猫が三匹揃っていれば、ほぼ無敵な筈である。

話がいきなり飛ぶが、世間にはときおりとんでもなく不味い蕎麦屋がある。店主の味覚が病気でおかしくなっているんじゃないかと疑いたくなるほど不味い。なぜ店が潰れないのか不思議でならない。ある程度のリピーターがいなければ、地域に根付いて蕎麦屋を経営していくのは難しいだろう。

自分の口には合わなくとも、「これを美味いと感ずる人もいるんだろうなあ」と別の価値観の存在を容認し得る味というものがある。美味さの分からない自分を恥じたくなるような味すらある（当方は甲殻類恐怖症なのだが、一応、蟹や海老の味は知っている。嫌悪感のバイアスが加わっているので、美味いとは到底思えなかったがこれを好む人が多いのは納得が出来る）。

だが不味い蕎麦屋の蕎麦（ただし、シンプルに、ざる蕎麦ないしは盛り蕎麦に限定しての話である。月見蕎麦とか天麩羅蕎麦だと味に余計な要素が増えてしまうし、当方は猫舌なので熱いものは論外なのだ）は、「不味いものは不味い」としかコメントのしようがない。大概は麺も汁も両方不味い。もしもこれを美味く感じる価値観があったら、おそらくフナムシやムカデやヤツメウナギを可愛いと主張するくらい感性の違いを覚えずにはいられないだろう。

　なぜ不味い蕎麦のことを言いたがるのか。わたしだけなのかもしれないけれど、どうやら不味い蕎麦には依存性がある。いかに不味いかを確認するためにまた食べたくなるような依存性があるのだ。饂飩(うどん)やパスタやその他の食べ物ではそんな事態は生じない。「不味いなあ、正気かよ、これ」と秘かに胸の内で呟きながら、ずるずると蕎麦を啜る。さすがに毎日は嫌だけれど、二ヶ月に一回くらいの頻度でまた食べたくなる。一種の「恐いもの見たさ」に近い気もするが、それだけではない。玉子かけご飯を食べるときに、わたしはわざと混ぜ方をぞんざいにして、玉子がほとんど混ざっていない白い部分のご飯をことさら美味しく食べる。カレーライスのときも同様で、そうした偏った楽しみ方に近いものがあるのかもしれない。つまり、日本中の蕎麦がすべて不味くなったらそれは嫌だ、というのを前提にしてこんな寝言を述べているわけである。

　都内の某精神科病院に勤務していた頃、近くに蕎麦屋があった。ここの蕎麦が、太くて黒っぽくて不味い。見た目は素朴な田舎蕎麦なのに、食べると不味い。わくわくするほどの不味さであった。その店に入ろうとしたら、入院中の男性患者さん（担当医はわたし）が外出しているところに出会い、その彼が声をひそめて「先生、ここの蕎麦、ものすごく不味いからよしたほうがいいですよ」と真剣に忠告してくれた。それは承知しているが、せっかくの忠告を無視するのは申し訳ない。やめるふりをしてしばらく時間を稼いでから、あらためて店に入った。すると店主は何を勘違いしたのかメニューにコーヒーを加え、食後にコーヒーはいかがですかと貼り紙をしているのに気が付いた。いよいよ趣深い店になってきたなあと嬉しくなった。

わたしは職場の同僚と一緒に昼食を摂るというのが好きでない。昼の食事時間まで他人と「つるむ」なんてうんざりである。そんな調子だから友人がほとんどいないのだが、それはそれで構わない。職員食堂は誰かと同席せざるを得ないから絶対に嫌だ。外に出ても、美味くて安い店はおおむね顔見知りと出会う可能性が高くて面倒だ。たとえ時間をずらしても、そもそも良い店は混んでいる。わたしは美味いけれど混んでいる店と不味いが空いている店だったら躊躇なく後者を選ぶ。そういった方針に沿って、今述べた店とは別の蕎麦屋を病院の裏手に見つけた。細い道の途中にあって目立たない。そして客がほとんどいない。

いないのには理由がある。まず、蕎麦が不味い。ただし問題なのは中途半端に不味いことなのだ。不味いというよりは「いまひとつ」といった味で、奥行きに欠ける。つまらない味と表現したほうが適切かもしれない。だから食べ終えても自虐的な満足感に乏しい。もうひとつの理由は、一応清潔な店なのだがなぜかトイレの芳香剤の臭いが漂ってくる。

これは非常によろしくないと考える。さらに三番目の理由があって、ここは老夫婦が二人で仲睦まじくやっている。女房は小太りで元気が良く、愛想も良い。夫は、どうやら脳卒中を患っているらしい。右手の動きが微妙にぎこちなく、また構音障害がある。発音に問題が生じていて、喋り方がたどたどしい。それでも彼は懸命に働いている。女房としては、夫を店に立たせることを一種のリハビリと見なしているらしい。ときに叱咤激励しつつ、可能な限り夫に活躍の場を与えようとしている。

　というわけで、店に入ると夫のほうが「い、いらっしゃいませ」と大きな声を上げる。胴間声（どうまごえ）と形容すべきだろうか。滑舌が悪く、しかも必死で声を張り上げているのが分かる。痛々しいのである。当方としては、どんな表情で応じるべきなのか戸惑ってしまう。彼なりに努力して厨房を手伝っているが、女房に叱られることも多い。こちらがいたたまれなくなることすらある。そのぶん、蕎麦が美味いというのなら途端に美談めいてくるだろうに、残念ながら半端に不味い。これでは客足が遠のくだろう。

　そんな店に、一人ぼっちでわたしは三週間に二回くらいの割合で通う。同情なんかしないし、通うことで応援している気もない。ただの好奇心で蕎麦を食べに行く。

　ときおり老夫婦と顔見知りの客が来る。いやに派手な服を着て、薄茶色のレンズが入った眼鏡を掛けた中年の婦人である。近くに住んでいるらしい。どういうつもりでこの店に来ているのだろうと尋ねてみたくなるものの、まさかそんなことをするわけにはいかない。そこで客と店との会話に耳を欹てる。大概は他愛のない世間話である。

ある日、老夫婦と婦人客とで招き猫の話を始めた。以前は、繁盛とまでは言わないがもう少し客が来ていたらしい。だが、店の一角にある棚に何かを置こうとしたはずみに、うっかり招き猫を落としてしまったというのだ。それは陶器製の黒く大きな招き猫で、店をスタートさせて以来ずっと飾ってきたものだった。それがコンクリートの床に落ちて粉々に砕け散ってしまった。それからたちまち客足が落ち、おまけに駄目押しのように夫が脳卒中になってしまった、と。そんな経緯をさも面白い出来事のように女房が明るい声で語るのである。婦人客のほうも、「あら大変ね」などと、深刻さがまったくない。店内を見回すと、なるほどわたしが座っている場所の反対側に棚があり、そこには何もなく、いかにも招き猫の不在が実感される。

この話を聴いたときには、ぞっとしたのであった。招き猫を失った途端に、悪運が雪崩れ込んできたかのように不幸の連続に見舞われ、しかもそれが今でも尾を引いているなんて。不味い店であるのは構わないが、縁起の悪い店は嫌だなあと心底思った。

どうして招き猫を買い換えなかったのだろう。新しい招き猫でツキを取り戻そうとするほうが自然ではあるまいか。割れた陶器の招き猫は、破片を集めて神社だか寺にでも持っていって供養してもらうべきだったのではないか。つい余計なことを詮索したり助言したくなったが、そこまで深入りする権利はわたしにはない。

何だかぐったりしてしまい、以来、わたしはその店に足を向けることがなくなった。あそこには不吉なものが停滞している。薄情なオレであると思わないでもないが、不運の渦巻く蕎麦屋なんて勘弁してもらいたい。でも行かなくなったぶん、心のどこかに罪悪感が立ち上がってくる。合羽橋の道具屋街あたりに行けば、たぶん陶製の黒い招き猫は手に入るのではないだろうか。それを買って新聞紙で包み、夜陰に乗じてそっと店の前に置いたらどうだろうかと本気で考えた。〈この招き猫を飾って、また商売を繁盛させてください〉などと匿名の手紙を付けてもいいかもしれない。

だがあの味では、今さら店が繁盛する可能性は低いだろう。夫の脳卒中後遺症は、招き猫の御利益で飛躍的に改善するかもしれない。とはいうものの、精神科医が夜中に蕎麦屋の店先に招き猫を置きにいくなんて、やはり馬鹿げている。もしも巡回中の警官に誰何(すいか)されたら、説得力あふれる口調で経緯を説明するなんて至難のわざに違いない。といった次第で二代目招き猫作戦をわたしは断念したのであった。

それにしても今になって思い返してみれば、黒い招き猫の話を聞かれてしまったことによって、店はわたしというささやかなリピーターを失った。そういった意味では、招き猫が砕け散ったことでもたらされた不幸はまだまだ継続していたことになる。

おそらく黒い招き猫は、本物の猫がネズミを駆逐するように、不運や不幸の侵入を防ぐ役割を果たしていたに違いない。それが失われれば、まずいことになるのも当然だ。書いているうちに、段々恐ろしくなってきた。我が家のガラスの招き猫も、落として割ったりしないように注意しなければならない。


不味い蕎麦の件で、もうひとつ思い出した。公立の総合病院に勤めていた時期があって、やたらと外来が忙しかったので昼食は出前を取っていた。出前を頼む店のなかには蕎麦屋もあって、そこの蕎麦はさきほどの某精神科病院の近くにある店と同じくらいに不味い。だから「あえて」週に一度は食べていた。

薬味の皿の掛け紙を見たら、店の名は〈みよし〉と発音する。そして、どうやらその店は夜になると酒が出たりカラオケが備えてあったりするらしい。というわけで、掛け紙には〈味よし、酒よし、歌もよし——みよし〉と駄洒落が印刷してある。どこか誇らしげな気分さえ伝わってくる駄洒落なのであった。家に帰ってから、夕食のときにふと思い出して、〈みよし〉の件を妻に話してみた。すると彼女は案外真面目な顔で、「その三拍子が揃ったら、人生十分だよね」と言う。

なるほど、そうかもしれない。もっともだ。以来、その店の蕎麦の不味さに文学的なものすら感じるようになった。

歓声

三重県の山寺から猫を連れてきたのは、妻の運転する青いミニ・クーパーだった。キャリーケースに猫を入れ、それを助手席のわたしが膝に抱えてのドライブであった。わたしはそもそも免許を持っていないから、終始妻がハンドルを握っていた。

猫の〈ねごと〉が家族（といっても夫婦二人だけ）の一員となってから数ヶ月経ち、自動車を買い換えることになった。走行キロ数や経過年数と下取り価格との兼ね合いで、ちょうど買い換える時期になったのである。同じ車種の新型は、外見はほとんど変わらないが、妻に言わせれば運転の感触は結構違うらしい。そして今度は（気まぐれで）赤い車体にした。ただし屋根は黒で、ボンネットのストライプも黒い。

我が家の近辺は駐車場を確保するのが難しいのである。今まで使っていた駐車場は、マンションを建てるからと終了の通告を受けた。一ヶ月以内に他の駐車場に移れ、と藪から棒に。おかげで少々離れたところに車を駐めるしかなくなった。迷惑この上ない。

新しい駐車場は、歯が抜けたみたいにいきなり住宅街に出現している湿った空き地で、そこに普通車や営業用のバンやステーションワゴンなどが、さながら子犬が群れ集うようにしてパークしている。日当たりが悪いが、そんなことは問題にならない。夏に車内が熱くならない点ではむしろ望ましい。

ある晴れた日曜日。食材を揃えるべく車で都心へ出掛けようとした。隣街が吉祥寺だから、わざわざ都心にまで出なくても買い物は揃う。でもドライブがしたかったのである。日曜だから道路も混んでいない。

乗ろうとしたら、車のワイパーに紙が挟んであるのに気が付いた。下手な字で、こんなことが書いてある。

> 申し訳ありません。ボディーを
> 傷つけてしまいました。
> お電話いただけませんか。
> TEL. ———

妻と顔を見合わせてしまった。ボディーに傷？　本当かなあ。光線の加減で見落としていたが、なるほど目を凝らせばボンネットの左側が凹んでいる。それどころか塗装も剝がれているじゃないか。いや、よく見れば、結構なダメージを受けている。申し訳ありませんどころじゃないよ。

新車にしてから二週間しか経っていないのである。今までこういった目には遭ったことがない。おそらくこの駐車場内で、うっかり他の車がハンドル捌きを誤ってぶつかってしまったのではあるまいか。知らんぷりを決め込まずにちゃんと正直に連絡先を紙に書いて伝えてくれたのだから、事故を起こした当人はきっと「良い人」なのだろう。もっともこちらには前後の窓に車載カメラが取り付けてあり、衝撃があると駐車中でも自動的に録画を開始する。それを目にして観念した可能性もある。新車を凹まされると、つい性悪説に走ってしまう自分の狭量さが情けない。

書いてあった電話番号に連絡を入れてみたら、案の定、同じ駐車場に仕事用のワゴンを置いている人だった。昨日の夜中に戻ってきて駐車場に車を入れる際に、運転を誤ったという。明日は日曜でやっと休める、と気が散漫になっていたのかもしれない。電話口からも平身低頭な様子が伝わり（と、スマホを手にした妻が言っていた）、結局、向こうが保険を使って弁済することになった。被害を詳しく調べてから工場で修理をするとディーラーが言う。一ヶ月近く掛かるとのことで、そのあいだ、代車を出してもらうことになり、同じミニではあるものの、クラブマンという後ろの扉が観音開きになっているタイプを使うことになった。

次の日曜日に、新宿のディーラーまで出向いた。傷ついた車を預け、代車の鍵を受け取る。明るい灰色をした車であった。それに乗ってそのまま買い物に出た。この日も晴れている。道路の端では、何かのデモ隊が列を作って歩いていた。プラカードはいかにも手作りで、参加者の歩調も揃っていない。主義主張を示すというよりは、ハイキングに近い印象だ。長さが十メートルくらいの、いまひとつ気合に欠けるデモ隊だった。


午後三時過ぎ、わたしたちは井の頭通りを走って帰路についていた。後ろには、買い物の紙袋が三つも載っている。ちょうど吉祥寺のマルイの前に差し掛かった。あそこにはバスの停留所が沢山ある。いつもバスの利用者が数多く並んで待っている。武蔵野市のあたりはバスを利用する人が多い。

バスを待つ人たちは、スマホをいじるか、さもなければぼんやりと車道を眺めている。秋になったばかりで、人々の服装は半袖だったりジャケットを着ていたりとばらばらだ。

いきなり車道に風船が転がってきた。空中に昇っていくようなヘリウム入りの風船ではない。飾りつけに用いられる空気入りのゴム風船だ。誰かの手から、逃げ出すようにして車道へ転がってきたのか。あるいはディスプレイか何かに使われていたのが、外れ落ちてしまったのか。風船は鮮やかなオレンジ色で、表面が艶々している。

可能ならば、その風船を避けて走り抜けたい。そんなものを踏んづけたくない。だが、追い越し車線や対向車線を走る車との兼ね合いゆえに、上手く避けられそうもない。以前、妻が一人で神楽坂の一方通行を運転していたら、前を走る車が、似たような状況に陥って結果的に鳩を轢いてしまうところを目撃したそうである。「あ！」と思い、それから一、二秒してから、前の車の前輪、それの裏側から鳩の羽が紙吹雪のように渦を描いて噴き出したという。

無邪気な子どもみたいに、オレンジ色の風船がアスファルトを転がってくる。そのときには、バスの停留所に並んでいた人たちの多くが路上の風船に気付いていた。遅かれ早かれ運の悪い車が道路の風船を轢いて破裂させてしまうだろうと予想していたようだ。いや、予想というよりは期待だろう。そんな次第で、今や妻の運転する車は多くの視線を集めていた。助手席に座るわたしの心臓は、妙に鼓動が速くなっている。

磨き上げたように艶々した風船は、するするとわたしたちの車の下に吸い込まれていった。ひょっとしたら、そのまま潜り抜けてくれないだろうかと願った。しかしそんな具合にはいかない。結局は自動車の腹とアスファルトの隙間でゴム風船は押し潰されてしまった。予想以上に派手な音で「ぱあん！」と破裂する音が、床の下から響き渡った。その瞬間、停留所の人たちが一斉に「どよめいた」。まるで野球場で贔屓のチームの選手がホームランを打ったような、そんな歓声が沸いたのである。バスを待つ退屈なひとときに、わたしたちの車はちょっとした（しかも残酷風味の加わった）ショーを提供したことになったのだった。

妻はしばらくのあいだ無言のままハンドルを握っていた。

家に帰り着いた。いつもよりも疲れた気分だ。ただし、家で待っていた猫のほうは元気いっぱいである。遊んでくれと落ち着かない。まだ一歳にもなっていないのだから、仕方があるまい。

妻が不在でわたしと猫だけで家にいることがしばしばあるけれど、わたしは猫と遊ぶ習慣がない。何もしない、何もアプローチしない。半分は無視である。そんな態度をとる奴は猫好きに非ずと叱られそうだが、猫と遊ぶなんて面倒だし興味がないのだ。わたしはわたしで本を読んだり考えごとをしていて、いっぽう同じ場所で猫は勝手に寝たり走りまわったりしている——そんな、ちょっと距離を置いた関係性が好ましいと考えている。わたしが文章を綴っているときに、机に跳び乗ってきて、ついでにキーボードを踏んづけていくのは構わない。当方の背中に攀じ登ってディスプレイを覗き込むのは歓迎だ。所望するなら、猫の腹をこちらの足の裏で擦ったり「うりうり」と擽るのも厭わない。が、積極的にオモチャで猫と遊ぼうなんて発想はない。

他方、妻は猫と本気になって遊ぶ。いろいろなオモチャを買い込みたがる。最近では、釣竿の先に糸がついて、その端に羽根突きの羽根みたいなもの、ないしは大きな蚊針（ルアー）のようなものが括りつけられた玩具に猫は夢中のようである。流し釣りさながらに妻が竿を左右に振ると、道糸でつながったカラフルな羽根が左右に走る。それを猫が必死になって追いかける。完全に狩猟本能全開になっている。興奮した猫を右往左往させてから、最後に竿を勢いよく跳ね上げる。するとそれにつられて、猫はびっくりするほど高くジャンプするのである。

何度も左右に猫を走らせて十分に興奮を煽ってから、妻が竿を握っていた手首を上方にひょいとスナップさせる。それに呼応して、ことさら高く〈ねごと〉は跳び上がった。サーカスにも匹敵しそうな、まことに見事なジャンプである。見物人がいたら、歓声を上げるのは間違いないと思われた。

ハーフ＆ハーフ

猫好きな人の多くは、猫と遊ぶのが好きなようだ。妻はいろいろとオモチャを買ってきては、元気に猫を走り回らせたり跳び上がったりさせるのが楽しみらしい。猫のほうも、遊んでもらえないと不満がたまる。一緒に遊ぶのには、（ことに室内飼いの）飼い主の義務といった側面もあるのだろう。

わたしは、猫と遊ぶのには不熱心である。面倒なのだ。そんなことを言うようでは猫を飼う資格に欠けるかもしれない。妻の振る舞いに甘えているのも確かだ。しかし正直なところ、猫が目まぐるしく動き回るのは疲れる。寝ている猫を眺めるほうが好きだ。肩に乗ってきたり、足を噛んだりしてくるのも嬉しいけれど、わたしはあくまでも何もしない。

近頃は、猫のほうも当方には遊んでくれるのを期待しなくなった。お互いに良いことである。それだけではなく、物理的にも好ましい関係性が確立された。ソファの左半分を猫が占領して横たわり、右半分にわたしが座ってぼんやりしているといった怠惰な構図が、日々の暮らしにおけるひとつの定番になったのである。まことに喜ばしい。

　精神科の仕事がいささか不規則なので、ウィークデイなのに一日中家にいることがある。妻のほうは、外科病棟のナースなので昼間はいないことが多い。したがってわたしは猫と朝から晩まで一緒に過ごす日がある。午前中は、猫は勝手に騒いでいる。午後になると、次第に大人しくなる。体内時計がそのように調整されているらしい。夜、妻が帰ってくると、また活発になる。

　夕方。これが最高の時間帯である。マグカップにコーヒーをたっぷり用意して、ソファの右半分にだらしなく腰掛ける。猫は我関せずといった風情で左半分にうずくまり、眠っていたり、たとえ目は開けていてもじっとしている。猫と一緒に、ソファを筏代わりにして大海原を漂流しているみたいだ。

　暗くなってきても、家の中の明かりは点けない。だから本は読めないし読もうとも思わない。もちろんテレビも点けないし、スマホをいじるような無粋なこともしない。外はゆっくりと暮れて行き、窓から射し込む光も弱々しくなってくる。

　小さい音量で音楽は流している。古楽器によるバロック以前の音楽だとか、昔のジャズの類である。室内はブルックリン・スタイルのブックカフェのように改装してあるので（かなり気合いの入った改装である）、まことに気が鎮まる。読者の中には、そんな自慢めいたことを書いて嫌味な奴だなあと思う人もいるかもしれない。あるいは、いい気なものだ、と。でもこういった環境を実現しようと、そのために若い頃から今に至るもずっと働いてきたようなものである。

室内は青味がかった暗さに支配されてくる。影が闇の切れ端さながらに濃さを増してくる。そんな中でコーヒーを飲み、電子煙草を吸う。昔ながらの紙巻き煙草とほぼ同じサイズで、息を吸い込むと先端が群青色に光る。LEDでネオンさながらに光るのだが、あたりが暗くなってくるとまことに綺麗だ。煙を吐き出すと、ふわふわと幽霊さながらに空中に広がっていく。それを眺め、ソファの左半分にいる猫の存在感をじっくりと堪能する。猫と一緒に、薄闇に呑み込まれていく。

わたしは古い記憶を辿ってノスタルジーに耽ったり、なぜかいろいろな国のチャイナタウンを想像することが多い。黄昏どきのチャイナタウンの猥雑な活気は、離れた場所で思い浮かべると妙に魅力的だ。

これから書かねばならない原稿について考えることもある。運がいいと、内容を上手い具合に思いつく。ああ、こうすればいいんだな、と。基本的に、原稿に取り掛かる前は強い不安感に駆られるので、エピソードや構成を思いつくとそれは当方にとってささやかな「救い」そのものとして作用する。暗くなっていく室内でコーヒーと煙草を楽しみ、おまけに猫と一緒のソファでちっぽけながらも救いを掴み取れるなんて――そう、これは幸福以外の何物でもない。

空中に視線を漂わせたまま、そっと猫に手を伸ばして、毛むくじゃらな感触と三十八度の体温とを確かめてみる。猫の腹が、呼吸によってゆっくり上下しているのが分かる。もうすぐ太陽は沈み切ってしまうだろう。


先日は、以前住んでいた代々木の風景をソファ（の右半分）で思い出していた。もう三十年近く前だ。

代々木駅のすぐ近く、細い道を入ると右手にカンボジア料理の「アンコールワット」があり、その突き当たりにある白いちっぽけなマンションの三階に住んでいたのだった。

ＪＲの代々木駅と小田急線の南新宿駅とを結ぶ地域には、ビルの裏側へ回ると昭和テイストの商店や民家が結構再開発を免れていたものである。

そうしたレトロな商店街に、一軒の雑貨屋があった。住居兼店舗のそこは、間口に比べてやたらと奥行きがある。商品がごちゃごちゃと、下手をするとゴミ屋敷になってしまいかねない勢いであふれている。二階の居住部分にも品物が詰め込まれているようなのだ。

したがって客は、自分で商品を選んだり吟味することなど出来ない。店番の小母さんかその息子か、いずれかに欲しい品を告げる。すると奥に引っ込んでちゃんと商品を捜し出し渡してくれる。ただし、やたらと古い品だったりする。どうやって商品管理をしているのかと不思議になる店だった。

長男は愛想がいい。母親のほうは無愛想だが悪い人ではない。ただし唐突なところがある。妻が爪切りを買いに行ったら、いきなり「あんた、扇風機買わない?」と埃だらけのオモチャみたいな扇風機を勧められたという。晩秋のことだ。なぜ今の季節に扇風機なのか。その突飛さに困惑させられた、と。

一九九一年に発行された『見知らぬ町の見知らぬ住まい』という本がある(布野修司編、彰国社。ちなみに表紙は平野甲賀による描き文字のデザイン)。百人の、おもに建築関係の人たちによる、下世話な民家から海外の奇妙な建物までさまざまな(少しだけ日常を踏み越えた)住まいについて綴ったコラム集である。これを読んでいたら、さきほどの雑貨屋について書かれた文章と出会って驚いたことがある。「なんでも屋のケンチャン家」と題された大野勝彦の小文である。ちょっと一部を引用してみよう。

店番のケンチャンに「去年のカレンダーなんてまさかないだろうね」と聞いてみるとよい。「ありますよ、一〇年前のはいりませんか」と自信をもった声が、商品の中から、二階の窓から、天気のいい日は屋根の上から返ってくる。「昔のかね尺あるかな」、「一寸くぎでさびたやつ」なんて言おうものなら、まってましたとばかり商品の山の家のスキマをかけまわり、五分も待たせずに出現する玉手箱のような店の家である。もしかしたら「戦後雑貨博物館」づくりをめざしているのかもしれない。

あの店はまだあるのだろうか。結構しぶとく生き残っていそうな気もする。ああいった「気になる」物件が紛れ込んでいなければ、そもそも町はそこが人の暮らす場所であるとは言えまい。

さて、ケンチャン家の近くには、もっと別な「気になる」店が存在していた。

木造一戸建ての商店である。その間口が、真ん中に薄い壁を立てて二分割してある（明らかに、あとから素人が作った壁だ）。さして広くない店だから、それが半分ずつになってますます狭い。向かって左は菓子屋で、お婆さんが店番をしている。右は果物屋で、お爺さんが経営している。たぶん老夫婦なのだろう。奥で左右がつながっている。

店の佇まいが、何だか舞台装置みたいに感じられる。二人とも、商いをしているというよりも、店番をしている人物を演じているようにしか見えないのだ。

狭いから、商品の種類も少ない。客は滅多にいない。それでも気落ちする様子もなく、二人はそれぞれ店先に立ったまま淡々とした表情を浮かべている。菓子屋か果物屋、どちらかに統一したほうが経営としては賢明だと思う。自分たちなりに愛着だか思い入れがあるのだろうか。いずれにせよ、売れ行きなんか関心がないといった超然たる雰囲気が伝わってくる。

ハーフ&ハーフとなった店舗の経緯、夫婦関係のありようが好奇心をそそる。べつに仲が悪いわけではなさそうだ。でも互いに口を利くわけでもなくそれぞれのテリトリーをそっと保っている。その距離感が素敵だ。実はこのあたりの大地主だったりしてね。わたしもああいう具合に商売（もどき）をしてみたい。

自分だったらどんな店にするだろうか。右側がわたしで、密室殺人の出てくる推理小説のみを扱う古本屋。左側は妻の店で、豆大福と芋羊羹(ようかん)しか売っていない和菓子屋、なんていうのはどうだろう。左右それぞれの店で買い物をすれば、ミステリ小説を読みながら美味い豆大福（あるいは芋羊羹）を食べる至福のひとときを得られる。こんな店舗があったら、わたしのほうが常連になりたいくらいだ。

もちろん左右を隔てる壁には、猫が自由に往き来するための穴を開けるつもりである。店の入り口からも奥からも往き来は出来るけれども、壁を通り抜けられなければ猫だってつまらないと思う。

この原稿を書きながら、さきほど手帳を覗いてみたら、今週の木曜は急用が入らない限り終日家に居られそうだ。

すなわち、居間でソファを猫と半分ずつ分け合いながら、暗さを増していく黄昏どきの気配をじっくりと玩味出来そうなのである。コーヒー豆もいいのを買ってある。電子煙草は充電を忘れないようにしよう。そうやって過ごす時間の濃密さを思うと、自然に顔が綻んでくる。

内なる旅

猫を、旅に出そうと思う。

根拠はないのだけれど、旅をしたことのある猫は風格が違う気がする。猫としてひと味異なるように感じるのだ。

だが我が家の猫〈ねごと〉はまだ子どもだし、室内飼いである。昨今の世の中は、猫が歩き回るには心配だ。危険で残忍な世界だ。

仕方がない。わたしが妄想の旅へと送り出すことにしよう。Fantastic Voyage に。

昭和四十一年（一九六六）は、テレビでウルトラマンが始まり、ビートルズが武道館公演を行い、哲学者のサルトルが来日した。この年の秋に、まさに Fantastic Voyage というそのもの「ずばり」のタイトルのアメリカ映画が本邦で封切られた。日本での題名は『ミクロの決死圏』である。監督はリチャード・フライシャー。中学生であったわたしは日比谷の映画館へ足を運び、鑑賞を終えた帰りには新橋にある輸入プラモデルの専門店「ステーションホビー」に立ち寄った。MPC社の、1／24サイズのシボレー・コルベアの模型を買った。

『ミクロの決死圏』は画期的な映画であった。SF版・旅の物語ではあったが、向かう先は大宇宙でもなければ異次元でもない。海底でも地中でもない。距離的にはほんのわずか――人間の体内なのである。

重要な機密を握ったまま西側に亡命したばかりの科学者が、ソビエト連邦の手先に狙撃され脳卒中をきたす。そのため科学者は昏睡状態に陥ってしまう。アメリカ側が機密を聴き出すには、脳血管内の血栓を取り除くしかない。そうでなければ意識が戻らない。だが位置的に手術は不可能なのである。

窮余の策が実行されることになった。かねてから物体をミクロに縮小させる技術が開発されていた。これを用いれば軍隊や兵器なども胡麻粒より小さくなるわけだから、移動や奇襲に絶大な効果を発揮する。軍事作戦上、前代未聞の画期的な成果を期待出来る。その技術をそのまま用いて、最新鋭の潜行艇に乗り組んだチーム（脳外科医を含む）をミクロ化する。そうして昏睡している科学者の体内へ静脈から注射器で送り込む。ミクロの潜行艇は静脈やリンパ系を経て（心臓を通過すると、拍動による圧力で潜行艇が破壊されてしまうから迂回の必要がある）、脳の血栓部へ辿り着き、レーザーを照射して血栓を取り除く。そうした作戦が立てられたのだった。

ただしこの作戦にはタイム・リミットがある。現在の技術では、ミクロ化は一時間ジャストしか継続しない。一時間を越えると自然にもとのサイズに戻ってしまう。そんな状況が体内で生じたらどうなるか。一定サイズ以上のものを、たちまち白血球が「異物」と見なして攻撃してくる。粉砕され溶解され、チームは一巻の終わりになってしまう。

そのような条件に縛られつつチームは果敢にも血管内を航行していく。潜行艇の窓から見える血管の内部は、赤血球や白血球、血小板などがカラフルでサイケデリックな模様を形作る。人体標本を内側から眺めるようなものである。まさに人体の驚異そのものだ。肺に立ち寄って酸素を補給したり、耳の奥を通ったりしながら最終的には血栓の場所に到達し、見事にミッションを果たす。

任務完了。あとは再び静脈を経由して予定の位置まで戻り、注射器で吸い上げてもらう段取りであった。しかしチーム内にスパイが混ざっていて妨害工作が行われたり、思いも寄らない事故などが重なり、一時間以内に吸い上げてもらう計画が実現困難となる。

このままでは生還が絶望的だ。こうなったら、もはや「抜け道」を使うしかあるまい。

潜行艇を捨て、ウェットスーツのメンバーたちは制限時間以内に脱出すべく脳から最短距離の場所を目指す。

目である。目から分泌される涙に混ざってチームの面々は科学者の体内から外へ逃れ出たのだ。モニターで動きを追っていたスタッフがプレパラートで涙を受け止め、それを室内の中央にそっと置く。時間切れとなってみるみる元のサイズに戻り、再び現実の存在となったチームのメンバーたち。彼らは遂に無事生還を果たし、スタッフたちと喜びを分かち合ったというわけなのであった。

この映画の素晴らしいところは、ＳＦとしての突飛な着眼点や道具立て、特撮の見事さのみならず、体内から一粒の涙に入り込んで生還するというそのシンプルだがどこかロマンチックな結末にあったような気がする。理科系寄りの空想科学映画であることに留まらず、日常の情緒や生理活動と上手くリンクしているような気分にさせたところに感銘が生じたのだ。

わたしも〈ねごと〉を猫用潜行艇に乗せ、注射器でわたしの血管内に送り込み、体内巡りをさせようと思うのだ。全身を隅々まで回っても退屈してしまうだろう。『ミクロの決死圏』に倣って脳まで行ってもらおう。飼い主の脳がどんな様子なのか見学してもらう。最後には、やはり涙と一緒に体内から脱出させよう。べつに鼻水に混ざって脱出するのでも構わないが、実はわたしは猫アレルギーの傾向がある。くしゃみで吹き飛ばされても困るから、やはり涙がベストだろう。

頭蓋内は闇の筈だから、脳に達した猫用潜行艇の中で〈ねごと〉は瞳をまん丸にしているだろう。脳神経のつながり具合に訝しげな視線を向けるかもしれない。目玉の裏側付近では、うっすらと射し込む光に興奮するのではないか。

今、自分の脳内を大事な猫が横切っていると考えるのはなかなかスリリングなことだ。頭の奥から猫の鳴き声が聞こえてくるような気になったりするのだろうか。思考が共鳴し合ったりすることがあるのだろうか。まさに猫と飼い主が一体化している。

そして一時間の旅が終わり、自分の涙の中から〈ねごと〉が出現してくるシーンはさぞや感動的だろうと勝手に想像するわけである。猫としては迷惑なだけだったかもしれないが。でも人工衛星に乗せられたライカ犬のような目に遭わなくてよかったとわたしは安堵する。

窓際の日だまりで〈ねごと〉が昼寝をしている。この猫がわたしの内部を旅したなんて、誰も信じないだろう。猫も自分の体験が何であったのか理解していないに違いない。しかしわたしは勝手に猫と秘密を共有している気になっている。

なおわたしとしては、立場を逆にして、自分で猫の体内を巡ってみたいとはちっとも思わない。そんな興味は湧かないし面倒である。今の〈ねごと〉の姿を観察しているだけで十分だ。

寂しい心

真夜中にふと目が覚めて、そのまま電気も灯さずベッドの中でじっとしていることがある。よるべのない気分のまま、再び眠気に襲われるのを期待しつつ瞼を閉じている。うっかり時計で時刻を確かめたりすると、頭の中が現実モードに切り替わってしまうので、とにかくピラミッドに埋葬されたミイラのように身じろぎもせずに横たわっている。

そんなとき、ドア越しに微かな音が聞こえてくるときがある。ガシガシ、ザラザラ……。音の正体はすぐに分かる。リビングには段ボール製の「爪研ぎ」が置いてあり、それで猫が爪を研いでいるのだ。目が覚めたのは、この音のせいかもしれない。だが聞き慣れているし、この程度の音量で睡眠が中断されるとは思えない。

そのままわたしはベッドに入っているが、瞼の裏には猫の姿がはっきりと映っている。真っ暗なリビングで、頭を少し俯き加減にしながら、いやに熱心に爪を研いでいる。その様子が、ひどく孤独に見える。なにも夜中に、そんなことを黙々と行わなくてもいいじゃないか。君の姿を想像すると、寂しさを紛らわせるために一所懸命爪研ぎをしているみたいに感じられて、わたしは切なくなってしまうのだよ。

先述の通り、我が家では、寝室は夫婦別々にしてある。勤務時間を含めて二人の活動時間帯がかなり異なる。元来、妻は夜型だしわたしは朝型である。彼女は外科病棟に勤務しているので、帰宅が遅くなるのも珍しくない。そうなると、ダブルベッドではお互いに気を遣う場面が増えてしまう。片方が感冒にでもなったら、寝室が一緒の場合には伝染の危険も高くなる。

わたしは猫の毛でアレルギーが起きることがある。だから残念ながら眠るときには寝室のドアは閉める。猫を閉め出す。妻のほうはドアを少し開けておくので、猫の〈ねごと〉君は、夜はおおむね妻の枕元で寝ている。妻が夜勤だの実家に行っているときだのには、わたしの体調が良ければ当方の寝室のドアを全開にしておく。そうなると、珍しさも手伝って〈ねごと〉は入って来て、掛け布団に跳び乗り、足元に近い部分に場所を定めて眠る。たとえ布団の中には潜ってこなくても、一緒に眠るのは嬉しいものである。

猫は夜型であると言われてはいるものの、実際はどうなのだろうか。夜も昼も寝たり起きたりで、まさに気まぐれ以外の何物でもない。そんな調子だから、夜中にひっそりと爪を研いでいてもそこに過剰な意味づけなんかする必要はあるまい。理性ではそのように思うのだけれど、なぜか切なくなる。昭和七年に詩人・金子光晴は「洗面器」という作品において、南国では広東人の娼婦が洗面器にまたがって「しやぼりしやぼりとさびしい音をたてて尿をする」と説明し、「人の生のつづくかぎり。／耳よ。おぬしは聴くべし。／洗面器のなかの／音のさびしさを。」と綴っている。なるほどね。「しやぼりしやぼり」も猫が夜中に爪を研ぐ音も、わたしの耳には同じくらいに寂しく聞こえるのである。

精神科医になる前に、わたしは産婦人科医として六年ばかり大学の附属病院に勤務していた。飯田橋に昭和モダンを体現したような古い建物の病院があって（子どもの頃に、わたしはその病院の皮膚科でアトピーと診断されたのだった。現在は、もうその病院は存在しない）、そこで働いていたのだ。

産婦人科のフロアには、回診以外には誰も寄りつかない個室があった。ここには十年近く前から入院している患者がいて、彼女は手術中の麻酔ミスで植物人間となり、病院側が責任を取る形でずっと入院扱いにしているのだった。家族が見舞いに来たのを見たことは一度もない。かなり肥満した中年女性が、目を閉じたまま昏々と眠り続けている。

その患者には、付添婦がいた。六十代前半の痩せた婦人で、ひどく陰気で滅多に口を利かない。大概は薄暗い個室でベッド脇の椅子に腰掛けたまま、小さな電気スタンドで文庫本や雑誌を読んでいるか、それとも編み物をしているかのどちらかである。ただし、決して暇なわけではない。患者は頻繁に体位を変えさせないと褥瘡が出来てしまうし、それなりの介助があるから、付添婦はあまり長時間病室を離れるわけにはいかない。活字や編み物にも没頭は出来ない。彼女は看護師たちとも打ち解けることはなかった。

その付添婦は患者の親族ではないらしい。純粋に仕事として付き添っている。食事は病院食で済ませ、風呂は病院の地下室にある職員用を利用していた。夜は補助ベッドで患者と同じ部屋で寝るが、体位交換のために頻繁に起きなければならない。つまり付添婦の婦人には、病院以外の日常がほとんどないように思われた。年末に数日休みを取る以外は、常に無言の患者の病室に控えている。

これは少々常識を超えた人生である。付添婦である婦人には、彼女なりに複雑な事情があるのだろう。だがこれほどストイックに何年も過ごせるものではない。少々不気味なところすらあった。感情がまったく顔に出ないし、他人を寄せ付けない雰囲気がある。

彼女は確かに超然としていた。同時に、わたしなんかには理解の及びそうにない強烈な孤独感を周囲に漂わせてもいた。コミュニケーションなんか図れそうにない。生と死の中間に立ち止まったまま十年を経過している患者と一緒に、沈黙の日々を過ごしている。わたしは「孤独」という言葉を聞くと、反射的に彼女を思い浮かべてしまう。もし子猫が一

四、病室に迷い込みそうになっても、彼女は決して顔を綻ばせたり手を差し延べたりはしないだろう。雑誌でも丸めて無言のまま威嚇しながら猫を追い出すに違いない。しかしそれは彼女に血が通っていないからではなく、面倒を避けるために過ぎないのである、たぶん。わたしが産婦人科医を辞めて数年してから、患者のほうは意識を回復しないまま亡くなったらしい。その後、付添婦はどうしたのか。気になって仕方がない。

古いビリヤード場を買い取ってみたい。撞球(どうきゅう)には興味がないが、場所に興味がある。そこには誰も入れない。わたしと猫だけである。ビリヤード場の隅には受付みたいなコーナーがあるだろうから、わたしはそこに陣取って本を読んだり文章を書いて一日を過ごす。猫のほうには、素敵なものを用意してある。撞球台のうちのひとつは、緑色のフェルトを剝がして、代わりに爪を研げるようにざらざらのシートが貼ってある。だからこの台に跳び乗って存分に爪を研いで構わない。あるいは別の台で緑のフェルトに爪を立てても叱らない。好きなだけ、爪でがりがりやって欲しい。

秘密のビリヤード場で一緒にいる限りは、猫が爪を研ぐ音を聴いてもさして寂しさに苦しまないだろう。〈ねごと〉君、思い切りやってくれ！　そのような日を、月に何度か設けたい。寂しいわけではないけれども、とりあえず妻には内緒にして、猫とわたしとの秘密にしておきたい。そんなことを、先日、ベッドの中で考えた。

背中

ときどき床にうつ伏せになる。両手首を額のあたりで交差させ、そこに顔を伏せているときもあれば、顔を横に向けているときもある。いずれにしても目はつぶっている。家をリノベーションした際に床暖房にしたので、冬は特にうつ伏せで横たわるのが快適である。本当はフローリングが身体にごつごつ当たっていくぶん痛いのだけれど、うつ伏せになると現実離れした気持になる。考え事が行き詰まったときには、とりあえずうつ伏せになってみる。

うつ伏せになったままじっとしていると、猫が怪しんで近寄ってくる。飼い主が死んでしまったのではないか――そんなふうに心配しているのかもしれない。匂いを嗅いだり、周囲をぐるぐる歩き回る。ときおり耳のあたりに髭が触れたり、首筋に鼻息が当たる。それでもこちらは身じろぎひとつせずにじっとしている。

しばらくすると、猫はいきなり背中に乗ってくる。乗ってどうするかといえば、何もしない。山の頂上にでも立ったように、四つ足を踏ん張って前方を見ているだけである。妻の目撃談によれば、そのようになる。飼い主を気遣うわけでもないし、面白がっているわけでもない。家の中で自分がいちばん偉い、とあらためて確認しているだけなのかもしれない。

背中に猫が立っていると、案外重い。四肢の接地面積がかなり狭いから、ツボを間違えて押しているマッサージくらいの圧を感ずる。しかも、四箇所も。

こうなるとじっとしているのもつまらなくなる。わたしのほうが四肢をじりじりと屈曲させ、四つん這いの体勢になろうとそっと体幹を浮かせる。もちろん細心の注意を払い、体幹は床に平行を保ったままだ。このままうつ伏せから四つん這いへと上手く姿勢を変えられれば、猫とわたしとでブレーメンの音楽隊みたいな姿を実現出来る。

でも必ず途中で猫はわたしの背中から飛び降りてしまう。もう少し我慢してくれれば、と残念でならない。猫としては危険でも感じるのだろうか。落ちても怪我をする高さではあるまいに、何を警戒しているのか。臆病なのか大胆なのか、さっぱり分からない。

❖

右に記したエピソードにつなげる形で、ひとつの話題を用意していたのである。それは三十歳になる男性T・Iが沖縄のある島で事実上のサバイバル生活をしていた話である。彼が隣の島に泳いで渡ろうとしていたら、一匹の黒い子猫が現れ、後をついてきたという。がりがりに痩せているのに、手足は太かった。無視してT・Iが海に入っても、子猫は岩を飛び移ってついてくる。最後に飛び移れる岩がなくなってぽつんと取り残されていたので、結局彼は子猫を肩の背中側に引っかけるようにして隣の島まで泳いだ（たぶん平泳ぎだったであろう）という。猫は背中でじっとしていたらしい。

なぜその話をそのまま書かなかったかというと、T・Iは二〇〇七年三月二十六日に英国人女性の英会話学校講師を殺害していたからである。彼は事件発覚後に逃亡し、警察の追求を巧みに逃れて最終的に二年七ヶ月に渡って全国各地を逃げ回った。逮捕されてから、彼は拘置所で手記を書き綴った（印税を被害者の家族に全額渡そうとしたが、家族は受けとりを拒否している）。出版されたそれを読んだとき、背中の猫の件が妙に印象に残った。そのことを書くつもりだったのである。

しかし冷静に考えてみれば、そもそもソースそのものが良識には馴染まないかもしれない。現在、T・Iは無期懲役で服役中であるし、そうなるとこの話題は生々し過ぎる。自分でも、自分の執筆態度にいささか首を傾げたくなる部分がある。というわけで採用は断念したものの、別なエピソードに差し替えようとしてもそれが思いつかない。いくら考えても、上手く話がつながらない。とりあえず宿題にして通勤の行き帰りに電車の中で頭を捻ってみたが、駄目なのである。最後の手段とばかりに、家で、床にうつ伏せになってみたがやはり駄目であった（このときには猫は寄りつかなかった）。

思いつかなかったらあとはボツにするしかない。仕方がない。だが浅ましいことに、何だか勿体ない気がしてしまった。そこで経緯を未練がましく記しておくことにしたのだった。内輪話を無理に聞かせるようで読者諸氏には申し訳ない気もするが、本書のタイトルである『猫と偶然』に鑑みれば、こうしたハプニングじみた話もあっていいのかもしれないと思い直したのである。

電波

犬は嗅覚に、猫は視覚に頼って生活をしているといった思い込みを長いあいだ持っていた。だから初めて猫を飼ったときには、いろいろなものを嗅ぐので意外な気持にさせられた。暗いところで目が光るわけでもないし、猫に関しては先入観だらけであった。

書き物机の上にデジタル式の置き時計があって、デザイン的には気に入っているのだけど時間がやたらと狂う。誤差が十五分近くになり、さすがにこれでは実用にならない。調整も上手くいかないので、買い換えることにした。

今度はアナログにして、アンティーク風のものをネットで購入した。電池で動き、電波時計すなわち電波で自ら時刻を補正するタイプである。これなら信頼が置けそうだ。ただし、あまりにも値段が安いのでちょっと心配ではある。

デジタル式の電波時計は居間に一台あるけれど、アナログは初めてである。商品が届いたので開封すると、外見に関しては、値段の割には悪くない。早速電池をセットした。すると時計の長針が秒針並みのスピードでぐんぐん回り出した。「え?」と、戸惑わされる。何だかタイムマシンに乗っているような気分にさせられる。説明書によれば、長針は正しい時刻に差し掛かったらストップするとなっている。だがいつまでも針は回り続ける。それこそ制御の効かなくなったタイムマシンみたいに思えて息苦しくなってくる。

しばらく放置しておいたら長針の暴走は治まっていたが、無茶苦茶な時刻を指しているではないか。停止しているわけではないが、とにかくオカシイ。時計の裏側には、針を回すためのツマミはない。どうしようもないのである。

これはつまり電波をちゃんと時計が受信していないということであろう。確かに我が家は電波状況がよろしくない。だから地元局である「むさしのFM」を聞こうと思っても、ラジオのアンテナを伸ばさないと受信が出来ない(このラジオ局は、夜は一晩中ジャズのみを流して人の声は入らないので、夜中に目が覚めたときなどに重宝しているのである)。

そこで家のあちこちに電波時計を移動させてみた。既に稼働中のデジタル式の横に並べてもみたが、時刻は狂ったままである。翌日になっても変わらない。安物だけに電波への感度が鈍いのかもしれない。

都心に用事があって妻が車で出掛ける。免許のないわたしも同乗して、ついでに時計を携えた。都心ならば、たっぷりと電波を浴びてさすがのアナログ時計も「正気を取り戻す」だろうとの算段である。走行中にときおり時計を眺めるが、ちっとも悔い改める気配がない。結局、戻ってきても時刻は直っていなかった。

がっかりしたが、また家に持ち帰っても仕方がない。車の中のほうがまだ受信状況は良好だろうと考え、後部座席に電波時計を転がしたままにしておいた。

数日後、車のドアを開けて時計を取り出したら、何と正確な時刻を指しているではないか。こちらが気付かぬうちに、自動車の後部座席でそれこそインスピレーションでも閃くが如くに電波を受信し、猛烈な勢いで針が回転して正常に作動を始めたのであろう。時計自身が受信のコツでも体得したのであろうか、以来、書き物机の上で正確な時刻を示しながら現在に至っている。

それにしても、自分で電波を受けて時刻を修正する時計なんて大したものだと妙に感心してしまいたくなる。腕時計にも電波時計があるくらいなのだから、それほど大層な技術ではないのかもしれないが、やはり賞賛に値すると思わずにはいられない。

机の上の電波時計を見ると、空中を伝わる稲妻形の電波を（飛来する矢を素手で摑み取るように）時計が摑み取っているような気がしてくる。しかもさっきは、書き物机の上にジャンプした猫の〈ねごと〉君が、不審そうに時計の臭いを嗅いでいた。特別な臭いでもするのだろうか。美味そうな臭いなのか、それとも危険な臭いなのだろうか。

空中から捕獲された電波の臭いを嗅いでいるのかもしれない、などと非科学的な感想までがつい浮かんでしまう。

何かが変化するのを見て取れば、時計なんかなくとも時間の経過を認識することは可能だ。わたしたち自身が刻一刻と変化（生命活動と称すべきなのか、それとも死への行進と言うべきか）しているし、いつの間にか食欲が湧いたり排泄をしたくなったり妙なことを思い出したり眠くなったりするのだから、たぶん目の前に何もない状態でも時間が過ぎていくことはそれなりに実感出来るだろう。

そうした当たり前の事実はともかくとして、日常生活で、ときには「時間そのもの」が見えたような感覚に陥る瞬間はないだろうか。時間が見えるなんてずいぶんおかしな表現だし、理屈として見える筈がない。だがむしろ詩的体験に近いものといった註釈を加えれば、お分かりいただけるだろうか。

わたし個人にとって、そのような体験ないしは瞬間はとても「ささやか」でしかも特定の意味や価値なんか一切伴わない。けれども、だから「ないがしろ」に出来るようなものでもない。自分には理解の及ばないひどく大きなものに触れてしまったような不思議な気持にさせられるからである。

学生時代に、郊外の安アパートに住んでいる友人を訪ねた。造船工学と称する武骨なのか繊細なのかよく分からない学問を選択していた男である。電気炬燵の上に、砂時計が無造作に置かれていた。大きさから、おそらく三分計である。砂の色は青そのものとしか言いようのない青色で、砂の一粒ずつが落とすミクロな影が全体を深みのある色にまとめ上げていた。

なぜこんなものがあるのか。どうせカップ麵に熱湯を注いで、食べ頃を待つために使っているのだろうと思った。ところが本人はそれを否定する。「俺、カップ麵なんて食べないんだよね。健康に悪そうじゃないか」などと、むさくるしい外見に似合わぬ発言までする。じゃあ砂時計はなぜあるのか。

驚いたことに彼は紅茶を本格的に淹れて味わうのが楽しみなのだと言う。イギリス貴族にでもなったような顔つきで言うのである。まっとうな紅茶の葉を使ってまっとうな紅茶を嗜むには、砂時計は必須だと力説する。そういえばいつだったか女の子と紅茶専門店に行ったら砂時計が出てきたのを思い出した。わたしはそれをある種の演出だと思っていささか苦笑する気分があったのだが、演出どころか必需品であるとは予想外であった。

「これでまったく支障がなかったんだけどさ。ある日、ふとこの砂時計がどれくらい正確なのかを測ってみたんだ」

缶コーヒーを飲みながら、造船技師予備軍の話を聞いていた。

「そうしたら、呆れたね。砂が完全に落ちるまで三分十九秒も掛かっている。三分が百八十秒だから、誤差が一割以上なんてちょっと問題じゃないのかな。まあ俺は今のところ困っていないんだけど、もしこれが割れてしまったら、新しい砂時計で今と同じ味を出すのは面倒だなあ」

「不良品と見なすべきなのかどうか、判定は難しそうだね。そもそも砂時計には品質検査なんてしているのかね」

と、わたし。

もしも砂時計を作る工場で律儀に品質検査をしているとしたら、それはどのようになされるのだろう。やたらと横に細長くて、完成したばかりの砂時計を二十個くらい一列に並べて固定する特殊な器具があるのではなかろうか（説明をされない限り、その器具の用途を言い当てられる者はいないだろう）。右端にハンドルがついていて、それを回転させると二十個の砂時計が一斉に上下逆さまになる。その時点からストップウォッチで時間を計る。あらかじめ三分プラスマイナスα秒に収まらなかったら不良品と決めておけば、さして手間を掛けずに検査が可能ではないだろうか。子どもでも実行可能な工程である、たぶん。

そんな余計なことを想像しながらわたしは青い砂の封じ込められた砂時計を手にしていた。これが文字通り三分計であったなら、何も思わなかっただろう。だが、今自分が手にしている砂時計は、本当は三分十九秒をきっちり計測する道具なのである。あまりにも具体的でしかも半端なその数字が、かえって何かを仄めかしているように思えてくる。

いったいこの世の中に、三分十九秒が経過したことを知らなければならない状況なんてあるのだろうか（ちなみに、当時のわたしはジョン・ケージの「4分33秒」という曲は知らなかった。砂時計の件とは何の関係もないが）。そんな切れっ端のような時間を知る必要なんて皆無かもしれないし、いやこの広い世界においては、意外なところでそれは重要なのかもしれない。たとえば何らかの微生物はきっちり三分十九秒で二つに分裂をする性質を備えている（しかもその微生物は、黴(かび)がペニシリンとなって人類に多大な影響を与えたように、大きな福音を我々にもたらすかもしれない）、とか。

自分の掌に横たわっている小さな砂時計を眺めつつ、ああこれが三分十九秒そのものだと感じられてきた。真ん中にくびれを持ったガラス管の中に、まぎれもなく三分十九秒が、いわば青い砂に憑依する形で息づいているように思われた。曲線を描いたガラス越しに、時間の断片がそっと身構えているのが見えたような気がしたのだった。

俳句が趣味である。ただし作るのではなく句集を読むのが好きなのだ。歌人の穂村弘さんに、わたしのような俳句の「純粋読者」は珍しいと言われた。短歌にせよ俳句にせよ、大概は実作者と読者とは重なっているものらしい。

大きな書店の俳句コーナーで、適当に句集を買ってきて読む。句集を上梓し得るということだけで、相応のレベルは保証されている。実際、感心するというよりも、ちょっとした奇跡に出会ったような体験を得られる確率が高いので句集の購入はやめられない。いっぺんに何冊も買うと有り難みが失せるから、必ず一冊ずつ買う。

斉田仁という人の『異熟』という句集（西田書店、二〇一三）を読んでいたら、こんな句と出会った。

河馬沈み平らになりぬ秋の水

ふうん。

それまでは水面から身体の一部を露出していた河馬が、その巨体を完全に水面下に沈めてしまった。あとは、何事もなかったかのように水面が広がっているだけで、しかも季節は秋だから水温は既に冷たく、それゆえにどこかよそよそしい。と、まあそれだけが描写されている句だ。ユーモラスな感触もあるが、笑みが浮かぶというよりは押し黙ってしまいたくなる。

河馬がいなくなった水面は素っ気なく、取り付く島がなく、そして黒ずんで広がっているだろう。その水面の上には何があるか。空しかない。でも同時に、透明な時間の広がりが水面と接しているような気がする。いや、秋の水の上には時間そのものが無表情に広がっていて、それが目に見えるかのような気にさせられるのだ。

どうして河馬と秋と水との組み合わせで時間が見えるかのような気持になるのかが分からない。が、そうしたシンプルな神秘こそが、真っ直ぐに心の奥に届いてくるのである。

マグリットの絵には、時間が凍り付いてしまったような作品が結構ある。〈貫かれた時間〉なんて題の絵もあったな。暖炉からミニチュアの蒸気機関車が煙を吐きながら突き出ている光景がきわめて具象的に描かれていて、現実の時間が停止しているいっぽう超現実の時間が動き出したみたいな印象を与えてくる。おしなべてマグリットの絵はいつまでも眺めて楽しめる。

しかしわたしにとって「時間が見える」といった印象をもたらす絵画の筆頭は、モランディ（一八九〇〜一九六四）の静物画だ。

彼の静物画はいつも同じ物が描かれる。何種類かの色や形や大きさの瓶、燭台、小鉢、インク壺、ブリキの油差し。どれも古ぼけている。これらが配置を換えて繰り返し描かれる。さながら家族の集合写真のように。タッチは具象から抽象すれすれまで多様で、また色彩も微妙にトーンが変化する。総じて静謐で知的なイメージであり、淡いようでいて力強さを失わない色使いは、きわめてモダンな感触がある。

モランディの静物画を見るたびに、そこに時間が「溜まっている」ような気がする。ほんのわずかだけ蜂蜜色をした時間そのものが、とろりと画面の中に溜まっている。それは豊かさや知性や安らぎを孕んだ時間である。

絵と向かい合っただけで右のように感ずるわけであるが、画家に関する知識がなおさらそれを補完する。モランディはボローニャに生まれ、そこから離れることなく生涯を送った。フォンダッツァ通り三十六番地の借家にあるアトリエで作品の大部分は制作された。若い頃には未来派や形而上学的絵画、キュビズムに接近したこともあったが、画風が確立してからはほぼ四十年以上それを貫いた。独身のまま、三人の妹たち（それぞれ職に就いていた）と質素に暮らした。一般論で申せば、まことに変化に乏しい人生で、隠遁者に近い暮らしぶりのようにも思える。

そして絵も同じモチーフの反復である。だがその反復は単調なコピーとは違う。画家の日々の内面が、むしろ反復ゆえに精妙に反映される。モランディの生きる平坦な時間に穿（うが）たれた窪みがすなわち彼の静物画であり、だからそこにはひっそりと時間が溜まり、それがくっきりと見えるような気がしてくる。

そんなモランディが、猫を飼っていたという話は残念ながら聞いたことがない。たぶん飼っていなかったのだろう。でも、もしも彼が猫を飼っていたと教えられたら、「ああ、やっぱりね」と呟きたくなるようなトーンが彼の絵にはある。それを説明するためのキーワードがあるとしたら、「孤高」だろうか。

三好達治の処女詩集『測量船』（一九三〇）の中に、「昼」という作品がある。恋人との別れを描いていて、彼女は手携げ行李（ごうり）と二つの風呂敷包みを持ち、乗合馬車で去って行く。三つの段落から成るが、最後の段落をここに引用する。

河原に沿うて、並木のある畑の中の街道を、馬車はもう遠く山襞に隠れてしまつた。

そして、それはもうすぐ、あのここからは見えない白い橋を、その橋板を朗らかに轟かせて、風の中を渡つて走るだらう。すべてが青く澄み渡つた正午だ。そして、私の前を白い矮鶏（ちゃぼ）の一列が石垣にそつて歩いてゐる。ああ時間がこんなにはつきりと見える！　私は侘しくて、紅い林檎を買つた。

石垣にそって一列に歩く白い矮鶏たちを前にして、詩人は「ああ時間がこんなにはつきりと見える！」と詠嘆する。もちろんその前提として「すべてが青く澄み渡つた正午だ」と感じるような心の状態があったわけだが。

それにしても、一列に歩く白い矮鶏を目にしただけで時間が明瞭に見えると思えてしまえる――そんな瞬間が、確かにわたしたちの人生には存在する。そしてそうしたミラクルな瞬間は、むしろ幸福なときには遭遇する可能性が低そうである。

いささか極端な言い方をするなら、右に述べたような瞬間を自分が体験出来るかもしれないと信じているからこそ、わたしはどうにか人生を営んでいられるような気がするのだ。しかもそれはどちらかと申せば不幸に親和性がありそうなのだから、その事実はこのろくでもない日常をじっと耐え忍ぶための立派な理由となるだろう。

そんな理屈をさらに拡大するなら、当方にとって生きる理由（あるいは生きる意味）とは人生において偶然にもたらされる（たぶん）十回にも満たない「ミラクルな瞬間」との出会いなわけで、その出会いをすべてつなぎ合わせてもせいぜい数秒にしかなるまい。自分はその数秒のために日々を堪えて生涯をまっとうしていく。何と能率の悪い人生なのか。

健康に留意しながら大切に飼えば、猫に二十年くらいの寿命は期待出来るだろう。現在我が家の猫〈ねごと〉は一歳である。いっぽう人間の平均寿命に鑑みれば、わたしの余命も二十年がいいところである。勝手な希望としては、妻より先に死にたいし猫より先に死にたい。妻のことはともかくとして、よぼよぼになった自分の目の前で猫に死なれてしまったら、どれだけ気落ちすることやら。活力を失い、うつ状態となった挙げ句に猫の後を追うように亡くなってしまうのではないか。しかも死に至るまで、喪失感に苛まれつつわたしはじわじわと衰弱していくのである。侘しいどころの話ではない。

猫の寿命と当方の余命とがほぼ同じなのかと思うと、奇妙な心持になってくる。鞠が弾むように室内を駆け回ったり、丸くなって寝ていたり——そうした〈ねごと〉君の姿を目にするにつけ、自分の残り寿命が猫の姿を借りて存在しているみたいな錯覚を覚える。

この猫を飼い始める時点で、これがラストチャンスという想いがあった。たぶん妻も同じことを考えた筈で、だが二人ともあえてそのことを口にはしなかった。若い頃には「死」なんて具体的には意識しなかったし、今でも生に執着はないものの、複雑な気持はある。死を恐れるというよりも、死という体験が何だか気味の悪い出来事としてしっかり自分を待ち受けているような気がして怯むのである。

さきほどは、ソファの背もたれの上縁を、さながら分水嶺を歩くような調子で猫が渡って行った。何の屈託もなさそうだった。それを眺めつつ、時間が見えると思った。わたしの余命が、猫の姿で見えている。

秘かに〈猫占い〉と名付けている怪しげな儀式がある。一冊の本を書き上げると、やがて印刷製本を経て見本が出来る。それを編集者から渡されるわけだが、リビングにあるテーブルの上にその発売前の本を置いておく。他には何もないように片付けておく。すると猫が本に気が付いてテーブルに跳び乗ってくる。胡散臭げに眺め、それから臭いを嗅ぐ。そのあとで、身体を本に擦りつける場合（マーキングしているのだろう）と、そうでない場合がある。

猫が本に身体を擦りつけた場合は、その本はちゃんと重版になったり書評に取り上げられたりする。先代の猫も、今の猫もそうだ。嗅ぐだけ嗅いで猫が素っ気なく立ち去ってしまう場合には、売れ行きも評判もいまひとつになる。十年を費やして千枚以上書いた本があって、わたしとしては自信があったのだが猫は身体を擦りつけてくれなかった。すると、本はほぼ世間から無視される形となり、アマゾンでは悪意のこもった「★ひとつ」を投稿する人物が出現したりと散々であった。これがすなわち〈猫占い〉である。的中率が高いので、当方としては次第に恐ろしくなっている。

ここで話は変わる。気の迷いと言うべきなのだろうが、ときおりどうでもいいような無意味な物をネットで買ってしまう。大抵は気分が弱っているときで、それにしても無用なものを買ってしまう。たとえば砂時計だとか、猫の前足に似せたトングだとか、H・メルヴィルの肖像が描かれた切手（使用済）だとか、蓄音機の針を入れていたブリキ缶などである。後悔をするほどでもないけれど、日が経ってみると、なぜこんなものを買ってしまったのか不思議な気分になる。

昨年買ったものでいちばん無意味な物は『エスペラント小辞典』（三宅史平編・大学書林）で、初版は昭和四十年、わたしが手に入れたのは平成十五年発行の第四十三版であった。三十八年のあいだに四十三版なのだから、結構売れている勘定になる。定価は三千八百円だが古本で購入している。もっとも、新品同様で使用した気配がまったくない。サイズは文庫本で本文が五百十九頁、函に入っており、本体は表紙が緑色のビニールである。

なぜこれが無意味な買い物なのかと申せば、わたしはべつにエスペラント語を学ぶ気なんかないからだ。

一応、エスペラント語 Esperanto について説明をしておこう。

ポーランドの眼科医ルドヴィコ・ザメンホフ（ユダヤ系で、子どもは三名いたが全員がホロコーストで亡くなっている）が一八八七年に作り出した人工言語で、主に印欧系の言語をベースにしている。世界共通の言葉（しかも文法が簡単で、習得が容易）があれば誰もが言葉の壁を越えて交流可能となり、文化の発展に寄与出来るし誤解や無知による争いもなくなるだろうといった発想から生まれた。

昨今では第二言語としての国際補助語といった位置づけがなされているようだが、世界共通語としてある種のユートピア思想の文脈で捉えられていたこともあるようだ。二葉亭四迷は本邦初のエスペラント語教科書を翻訳出版し、その題名は『世界語』であった。宮沢賢治もかなり興味を示し、実際にある程度まで習得していたらしい。また〈岩手〉をエスペラント風の発音で〈イーハトーヴォ〉として作品に取り込んだとも言われている。一時は日本でもブームに近い状況を示したこともあった。現在ではエスペラント語よりは英語習得を目指す人のほうが普通となってしまったが、テキスト等は今でも簡単に入手可能である。

わたしは人工言語の辞書というものにある種のロマンを感じてしまったのだった。それに、そもそもエスペラント語がどんなものかを辞書を通じて体感してみたかった。だが勉強するだけの意欲もモチベーションもないといったところで、とりあえず辞書を購入してみたのだった。

価値や値打ちを意味する言葉はvaloroで、これは英語のvalueに相当するのだろう。そんな具合に何だか既視感のある単語も多く、結果としてどことなく「まがいもの」「にせもの」めいたおかしな雰囲気が生じてくるのが当然でもあり困ったところでもあるようだ。ちなみに猫はkatoと綴り、これも薄々見当がつく。

ぱらぱらと目を通して、一通り気が済んだので『エスペラント小辞典』をテーブルの上に置き、台所でコーヒーを淹れて戻ってきた。すると猫の〈ねごと〉君がいつの間にかテーブルの上に登っており、それどころか辞書に身体を擦りつけているところだった。〈猫占い〉に則れば、この辞書はすなわち祝福された存在ということになるだろう。具体的にはどのような状態を仄めかしているのか。四十三版とそれなりに売れてはいるものの、もしかすると来るべき東京オリンピックに向けて急にエスペラント語が注目され、それこそ『エスペラント小辞典』が飛ぶように売れる事態を予言しているのかもしれない。

もしも本当にそんな事態が生じたら、わたしは〈ねごと〉君を超能力猫として世間に喧伝しようとするかもしれない。テレビで紹介されたら、読者諸氏にも我が猫を見てもらえる機会となるだろう。

四コマ漫画／宝石

①ダイニングテーブルの上で寛いでいる猫。いかにも毛並みが良さそうだ。大切に飼われているのだろう。家そのものも、小綺麗で洒落ている。
家猫「猫には超能力がいろいろあってね」と、偉そうに読者へ語り掛ける。

②「たとえば透視能力。冷蔵庫の中身だって、ぜんぶ見えちゃうね。もちろん人間の心の中も丸見えさ」
冷蔵庫が透けて、中身がすべて見えている。猫に対して隠し事は不可能らしい。だからこそ猫は妙に悟ったような表情を浮かべるのかもしれない。

③猫の顔のアップ。きらきら光る瞳。ちょっと不敵な笑み。
「つまり世界はすべてガラスで出来ているも同然なんだ」

そんな台詞をぬけぬけと語る家猫。

④今度は場所を変え、出窓の出っ張りで横になっている家猫。外から陽光が射し込んでいる。猫の毛は艶々として光に映え、猫自身もちょっと自慢げである。

家猫「そうなると、猫とはつまりガラス箱に納められた宝石みたいなものさ！」

自画自賛なのだが、あながち妄言でもないところが読者の苦笑を誘う。

（おわり）

跋

この本を作るきっかけは、雑誌『ユリイカ』二〇一〇年十一月号の〈猫〉特集に寄稿したことであった。そのときの文章が冒頭に配した「猫と電送機」である。六年後には『現代思想』の第四十四巻四号の特集〈imago　猫！〉に、「猫の名前、猫の永遠」（本文五十三〜六十五頁）を寄稿し、猫について書くのは楽しいなと思い始めていた。さらに本文八頁にも書いたように、ロジェ・グルニエの犬に関する瀟洒なエッセイ集『ユリシーズの涙』の猫バージョンを作ることが出来たら素晴らしかろうという夢想も、徐々に発酵しつつあった。

作業が具体的にスタートしたのは、青土社から作品社へ移った渡辺和貴さんが猫をテーマにした本を作ろうと声を掛けてくれたからである。絶好のタイミングであった。ふと思い出したかのように数篇を書き綴っては、彼に送るという気まぐれな姿勢で進めていったせいで、完成には二年以上の月日を要してしまった。が、本書のような内容のものは、急いでも仕方がない。焦燥感が文章に反映してしまったら、この本を書く意味がなくなる。

というわけで、こんなにゆったりと楽しみながら書けた本は今回が最初である。
猫の本といっても、いわゆる「あるある」本や「猫♡大好き」本、「猫は哲学者である」的な本にはしたくなかった。そうした本は、既に優れた書き手たちが筆を染めている。べつに猫を前面に押し出さなくても、ちらりと登場するだけでも猫への愛情は表現出来るに違いない。猫と暮らす日々における現実離れした思索や感想、奇妙な体験などを淡々と綴ったほうが、むしろ自分には相応しいのではないか。本書のタイトルである『猫と偶然』も、そんな思いから決めた。犬も歩けば棒に当たる、の猫版といった思惑もあるが、やはり猫には偶然とか永遠、超然といった日常から飛躍した言葉が似合うような気がする。

書き溜めた作品群が所定の枚数に達した時点で、その配列は渡辺さんに一任した。どのような順番で並べるかによって、本の印象はまるで違ってくる。全体を把握して彼が順番を工夫してくれたおかげで本書は出来上がった。執筆中に〈なると〉が亡くなり、新たに〈ねごと〉が家族の一員となったわけだが、そのあたりにも配慮してもらったために、自分でも気が付かなかった自身の心の流れが炙り出されてきたように感じられ、ゲラを読むのは自分が書いたものであるにもかかわらずまことに新鮮な体験であった。そんな次第で、本書には渡辺さんとの合作といった趣が漂っている筈である。

装丁については、書いている途中の段階から名久井直子さんにお願いしたいと思っていた。打ち合わせで渡辺さんにその旨を伝えると、彼も同じことを思っていたという。双方の希望が実現出来て嬉しい。装画はタダジュンさんに手掛けていただいた。帯文を平松洋子さんにお願い出来たらなあというリクエストも叶えられ、本書は祝福された一冊となった。読者諸氏にとっても、招き猫的な作用をもたらす本でありますように。

蛇足ながら、いくつか補っておきたいことを書いておく。

●『ユリイカ』と『現代思想』に発表した以外では、「猫・勾玉」の短縮バージョンを『暮しの手帖』二〇一八年夏号へ「家の中に、虎」という題で発表。他はすべて書き下ろし。

●本文百五十九頁で、首輪をアマゾンに注文したと書いた。翌日に届いたそれを早速〈ねごと〉に装着してみた。茶トラに緑の唐草模様がとても似合ったのだが、猫としては鬱陶しいらしい。おまけに、鈴を取り外してあげようと思ったが（音が気になるらしい）上手く外せない。まずは工具を調達しないと首輪から鈴を取り去れないので、そのまま断念して現在に至っている。たまに洋菓子などに使われていたリボンを妻が首に巻いてやるが、すぐに自分で解いてしまう。〈ねごと〉君はもっと己の魅力を認識すべきだと思う。

●妻は外科病棟のナースと書いてあるが、今年の四月から手術室の師長になった。手術室は消毒の関係で熱系統が独立しているらしく、手術室の管理責任者になるためにはボイラー技士の資格が必要という。急遽、講習と試験を受けて資格を取った。妻がボイラーマンだかボイラーウーマンであると思うと、何だかものすごく頼もしい気がしてくる。来年は危険物取り扱いの免許あたりを取得して欲しい。

●あちこちでSNSは大嫌いと公言しているけれど、そうも言っていられなくなってしぶしぶ昨年スマホを購入した。本文中にスマホという言葉が出てくるが、滅多に持ち歩かないし利用する機会は少ない。

沢山の方々のおかげで本書は完成した。そして完成した本を今こうして読者諸氏が手に取ってくれているわけである。全員に、ありがとうと申し上げたい。〈なると〉と〈ねこと〉には、君たちのことが書いてあるぞと自慢をしたい。自分自身に対しては、ご褒美代わりに何を買おうか思案中である（もしかすると、詩人Sの肉筆原稿）。

令和元年六月九日

春日武彦

猫切手

※八頁で、『ユリシーズの涙』の猫版を自分が書くとしたら、「人間みたいな顔をした猫についても断章として触れることになりそう」と記したのであった。だから本書が曲がりなりにも猫版『ユリシーズの涙』に近いものだとしたら、当然その断章が必要になろう。ゲラの段階でそのことに気付き、あわてて〈猫切手〉という小文をここに追加する次第である。

人間みたいな顔をした猫は、どのような部分が「人間っぽさ」を醸し出しているのだろう。どうやら目がポイントらしい。あまり目が大きくなく、しかも目の形が丸過ぎない場合に人の顔に近づくようである。だから肥満して全体にくたびれた感じの猫のほうが人面猫になりやすい。あるいは、奥目だと、光線の加減で人の表情に近くなる。

しかし人面猫となるためには、もっと手っ取り早い方法がある。短毛の白猫に限るのだけれど、顔にくっきりと眉を描いてやると生々しいくらいに人間じみてくる（もちろんわたしはそんな悪ふざけをしたことはない）。子どもの頃、猫ではなく白い犬に誰かが眉を描いたのを見たことがあり、ユーモラスというよりはグロテスクに近いトーンが漂っていて腰が引けた記憶がある。残酷なことをするなあと嘆息した。犬自身はそんなことをまったく理解していないのがなおさら不憫であった。眉というパーツは、想像以上に「人間っぽさ」を立ち上がらせる。

猫を描いた切手は、驚くほど沢山の種類があるらしい。財政難の小国では外国のコレクター目当てに記念切手を発行してそれを財源とするケースが珍しくないようで、そうなると猫が図柄として選ばれる場合だってある。記念切手は一つのテーマでいろいろな図柄が発行されるから、猫シリーズだと白い猫も含まれやすい。

白猫の切手が貼られた手紙が投函され、郵便局で消印を押される際に、切手の位置の関係から、消印の縁の黒い円弧が眉そのものになってしまう可能性があるだろう。すると自動的に人面猫が出現することになる。手紙の受取人がそれに気付いたとき、面白がる人もいれば気味が悪いと感じる人もいるのではないか。世界のどこかでは、そんな珍事がひっそりと起きていても不思議ではない筈だ。

春日武彦（かすが・たけひこ）

1951年生まれ。産婦人科医を経て精神科医に。現在も臨床に携わりながら執筆活動を続ける。著書に、『ロマンティックな狂気は存在するか』（新潮 OH! 文庫）、『幸福論』（講談社現代新書）、『無意味なものと不気味なもの』（文藝春秋）、『臨床の詩学』（医学書院）、『鬱屈精神科医、占いにすがる』『鬱屈精神科医、お祓いを試みる』（以上、太田出版）、『私家版　精神医学事典』（河出書房新社）、『老いへの不安』（中公文庫）など多数。『僕たちは池を食べた』（河出書房新社）、『緘黙』（新潮文庫）、『様子を見ましょう、死が訪れるまで』（幻冬舎）など小説も手がけている。

猫と偶然

2019年8月10日　初版第1刷印刷
2019年8月15日　初版第1刷発行

著　者　　春日武彦
発行者　　和田 肇
発行所　　株式会社作品社
〒102-0072　東京都千代田区飯田橋2-7-4
TEL：03-3262-9753　FAX：03-3262-9757
振替口座 00160-3-27183
ウェブサイト http://www.sakuhinsha.com
造本・装幀　名久井直子
装画　タダジュン
本文組版　大友哲郎
印刷・製本　シナノ印刷株式会社

ISBN978-4-86182-758-7　C0095　Printed in Japan